新潮文庫

時雨みち

藤沢周平著

新潮社版

3197

目次

亭主の仲間……一四九

おさんが呼ぶ……二五三

時雨みち……二八三

解説　岡庭　昇……三一九

時雨みち

帰還せず

一

裏口に入っておとないをいれると、出て来たのは女中のお六だった。お六は大げさに眼をむいた。

「あらあら、幸七さん。お江戸にもどって、もうこっちには来ることなどないだろうと思っていたのに……」

幸七こと公儀隠密《おんみつ》の塚本半之丞《はんのじょう》は、へへへと笑った。半之丞は旅姿の町人という恰《かっ》好《こう》をしている。ひと月前までは、ここ杉田屋の奉公人だった。

「ちょっと、江戸のお店《たな》からの使いでね。レコは？」

半之丞は親指を立てた。杉田屋の主人嘉兵衛《かへえ》のことである。

「いますよ。いまお店の方かしら。すぐ知らせて来るわ」

「おっと、その前にすすぎの水を頼みますよ」

「あら、ごめんなさいね。あわてちゃって」

足を洗って茶の間に行くと、嘉兵衛が待っていた。

杉田屋は、加治《かじ》城下で繁昌《はんじょう》している呉服屋である。嘉兵衛は若いころ江戸で呉服問屋若狭《わかさ》屋に奉公し、二番番頭まで勤め上げたが、三十半ばで国元に帰って呉服屋をはじめた。

江戸仕込みの商法と、若狭屋から取りよせる時の好みにあわせた品物があたって、数年で城下に知られる店になった。いまは十人を越える奉公人を抱えている。

だが、嘉兵衛は江戸の公儀にも隠密にも、何のかかわりもない人間である。もとの奉公先の若狭屋に言われて、半之丞を預っただけである。一度厄介ばらいをしたはずの公儀隠密が、またぞろ眼の前にあらわれたことをうっとうしがっている様子だった。

重苦しい顔つきで、ちらちらと半之丞を見た。

「今度はまた、長い逗留《とうりゅう》で？」

「いや、そんなに長くはない」

二人はひそひそと話した。

「当分、それも今度は外を出歩く用が多いと思うので、店の者にはそのように言いつくろって頂きたいな」

「承知しました。元店の用で来たということにでもしておきましょう」

女中のお六がお茶をはこんで来たので、半之丞は江戸の話をし、つつましく膝《ひざ》をそろえてお茶をすすった。そして番頭さんにご挨拶《あいさつ》してまいります、と言って腰を上げた。

その夜、半之丞はおそくまで眠れなかった。江戸から持ち越した疑惑を思い返しているうちに、疑いはふくれ上がって睡気《ねむけ》をふきはらってしまった。

二月の末に、半之丞は加治藩における五年の探索を終って江戸に帰った。加治領を出るときは、やっと雪が溶けはじめたところだったのに、江戸につくと桜がさかりだった。蘇生《そせい》の思いをしたことをおぼえている。

呉服屋の大丸に寄って武家姿にもどり、江戸城内に直行して探索を命じた若年寄に会い、報告をした。長い探索行が、それで終ったわけだった。

数日して組頭に呼ばれた。

「山崎がもどらぬ」

と組頭は言った。半之丞が怪訝《けげん》な顔をすると、組頭は無表情に言った。

「山崎も、そなたと同日にもどるよう命令をうけておる」

半之丞ははっとした。

山崎というのは、同じ組屋敷の山崎勝之進のことで、半之丞は山崎が一年遅れて加治藩の支藩、小出《こいで》加治の城下に潜入したことを、江戸からの連絡の者に知らされている。ただし探索地で出会ったことはなかった。山崎の居場所は知らされなかったのである。

ひと口に小出加治領と言われる支藩は、三代前の加治藩主が、一万二千石をあたえて弟を分家した土地で、いまだに加治領内の一地方という性格をそのまま残している。本藩との間は、物もひとも出入り自由だった。

しかし分家した初代藩主が、当時は漁港に毛がはえた程度の風待ち港だった小出港をひらくのに力を入れたせいで、港は繁栄し、城下町は本藩の加治城下に劣らないほどにぎわっている。

そこに潜入した山崎勝之進の探索の目的も、半之丞と同様、頻発《ひんぱつ》する一揆《いっき》の状況をつかむことだということを、半之丞は知らされている。数年前、加治領内に起きた小規模な一揆は、消えてはまた起こり、藩が容易に根絶出来ないままに、支藩の百姓地にも飛び火していたからである。

半之丞が江戸に帰るころ、一揆は鎮静にむかっていた。支藩の方も同様だったはずである。一揆が容易に鎮《しず》まらない様子をみて、幕府は隣接する天領とのからみ合いから神経をとがらせたのだが、藩ははじめ強硬策に出て失敗し、その後つとめて話し合いに持ちこむやり方に変えたため、鎮静が長びいたのだとわかっている。

同じ期日に帰還する命令をうけている山崎が、もどれない理由は思いあたらなかった。

「いまだにもどらないわけは二つしか考えられない。消されたか……」

組頭は深い皺《しわ》にかこまれた眼を、じっと半之丞にそそいだ。

「そうでなければ、本人の考えでもどらないかだ」

「支藩の方に、何か予期せぬことが起きたことも考えられますが……」

「それは理由にならん」

組頭はきびしい口調で言った。それは半之丞にもわかっている。帰還の命令を受けた以上は万難を排してもどるべきなのだ。だが、自分の意志でもどらないなどということが、あり得るとは思えなかった。

領内を脱出するときか、あるいはその前に、支藩の者か、加治藩の者に消されたとみるしかなかった。げんに、加治領内に最初の一揆が起きた直後、天領から状況をさぐりに入った者が二人、探索を終って引き揚げる途中、国境《くにざかい》付近で殺されている。

「遠路ごくろうだが、もう一度行ってもらわねばならぬ」

と組頭は言った。

「生死をたしかめることが第一。もし捕えられている場合は救出の策を講じる」

「……」

「また、本人の意志でもどらぬとわかった場合は、説得は無用。命を断って来い」

組頭は淡々とした口調で言った。

——まさかな……。

と半之丞は、夜具の中で眼をみひらきながら組頭の言葉を思い返している。

組頭が、自分の意志で帰らない、つまり山崎の裏切りまで考えていると知ったとき、半之丞はおどろきはしたものの、特に不快に思ったわけではない。組頭はあり得るかも知れないひとつの場合をあげただけにすぎないことは、すぐに納得できたからである。

だがあり得ないことだと思った。半之丞はまだひとり者だが、山崎は五つ年上の三十一。妻子がいる。分別ざかりだった。親しく話したことはないが、探索の腕は確かだという評判も耳にしている。裏切りは考えられなかった。

その考えが微妙に動揺したのは、加治領への長い道を旅しているときだった。山崎が加治藩の手で消されたという見方も、腑《ふ》に落ちないものだったのである。

一揆は鎮静にむかっていた。半之丞が城下に潜入したころは、国境、城下の周辺に、漏れなく藩の人数がくばられていて、警戒はかなりきびしかったのだが、使命を終って領外に出るときは、もうその種の非常の警戒は解かれていた。半之丞はやすやすと国外に出ている。

熟練の探索人である山崎が、隠密という身分を見破られるような状況があったとは考えられない、という気が強くしたのだった。

――ま、どっちみち明日から調べることだ。

半之丞は眼をつむった。雑念を排して静かに下腹で呼吸を繰りかえすと、間もなく眠りがやって来た。眠りに落ちる寸前、半之丞が家を発《た》つ前夜こっそりとたずねて来た山崎の妻の顔が、意識を横切って過ぎたようだった。

二

翌日、半之丞は昼前いっぱいは店を手伝った。主人の嘉兵衛は、半之丞が店にもどって来たわけではなく、江戸の若狭屋の仕事で来たと店の者に言いつくろってくれていたが、それでも、とりあえずは店の空気にとけこむことが肝心だった。

奉公人仲間に怪しまれてはならないということもあるが、これからはじまる探索のために、身も心も杉田屋の元奉公人幸七にもどしておく必要があるのだ。店を手伝いながら、半之丞は江戸の店の話をしたり、半年前まで仲間と一緒に通っていた飲み屋の女の話を持ち出して、冗談口を叩《たた》いたりした。

昼すぎ、半之丞は嘉兵衛にことわって店を出ると、小出加治の城下にむかった。六里の距離はさほど苦にならず、七ツ（午後四時）前には城下に入った。

小出加治の城下は活気のある町である。藩が港の拡張に力を入れたために、他国から船が入るようになり、海から出入りする物と人がふえた。そういう活気が、城下の人びとの物言いにまで弾みをあたえている。そういう町だった。

港がある方に歩いて行くと、右手の高台に城が見えた。城といっても古びた角櫓《かどやぐら》がひとつあるだけの平屋の建物で、港がまだ本藩の加治藩の所有物だったころに置いた陣屋が、そのまま小出加治藩の城主の居館になっていた。

初代藩主は、兄である本藩の藩主が、英明の質を見込んで分家したと言われるように賢明な人物だったらしく、城を飾る費用を港の整備につぎこんだ。

その効果は、三代を経たいま分家の小藩に着実な富をもたらしていて、農政に頼るだけの本藩が時どき借用金を申しこむほどだと聞いている。

半之丞は、いかにも粗末なその建物を横目に見ながら町の本通りを行き、御茶どころ播磨《はりま》屋という看板がある店を見つけると、その前をゆっくり通りすぎた。その店が、山崎勝之進が住みこんでいた場所である。

それとなく店の内を窺《うかが》ったが、西日が射《さ》しこむ店の中には、二、三人の客と店の者の姿が見え、変ったところもない商いの様子がうかがわれただけである。半之丞は振りむきもせず通りすぎると、四辻《よつつじ》を二つほど越えたところで、横町に餅《もち》菓子屋があるのを見つけると中に入った。

障子に草もち、豆もちとなぐり書きしてあるその店は、入ってみるとつごうよく中で餅菓子を喰わせる家だった。窓ぎわに造りつけの細長い腰かけがあって、客用の小さな座布団《ざぶとん》がならんでいる。

子供を一人連れた町家の女房が、餅菓子をたべながら店の者と話していた。客の相手をしているのは五十近いおやじで、それがこの店の亭主らしく、かいがいしく赤い襷《たすき》をしている。

半之丞をみて、威勢よく声をかけて来た。

「何をさし上げましょう?」

「いや、ここで喰わせてもらえばいいんだ」

半之丞は腰をおろして言った。

「草餅を三つほどくれ」

餅菓子とお茶を盆にいれて運んで来たのは、おやじではなく、まだ若い娘だった。店の奥にはまだ人がいるらしく、低い話し声が聞こえている。

半之丞は、熱いお茶をすすりながら餅菓子を喰ったが、女の客が子供をせき立てながら店を出て行くのを見送ってから、亭主に話しかけた。

「用があって加治の城下から来たんだが、この町はいつ来てもにぎやかだな」

「そりゃ、もう」と亭主は笑った。

「なんといっても、小出は商いの町ですからな。いま、港の近くに蔵屋敷を建てているのを知ってますか？」

「いや、知らないな。何だい、その蔵屋敷というのは」

「狩野《かのう》屋さんの新しい蔵屋敷ですよ。一度に三棟《みむね》も蔵が建つそうです」

狩野屋というのは、富裕で知られる回船問屋で、その名前は加治城下でも知らない者がいない。

「すると、ますます港が繁昌するわけだ。ここの町のひとはまったく商売上手だ」

「狩野屋さんは、上方《かみがた》から物を運んで来るだけでなく、領内の物もむこうに売りさばくのだと、大そうな勢いだそうです」

亭主は餅菓子をならべた棚の上に肱《ひじ》をついて、こちらをのぞきながら鼻をうごめかした。

「先ごろ、水沼郡の方で百姓がさわいでいるなどという話があったが、あれはおさまったのかい」

「あの話なら、大丈夫のようですよ」

と亭主は言った。

「ひところは、この町に鍬《くわ》、鎌《かま》を持った百姓連中が乗りこんで来るか、なんて話もあってこわい思いをしましたが、もうすっかりおさまったようです。それというのも……」

と亭主はちょっと声を落とした。

「ここのお城には、田村勘解由《かげゆ》さまと申される智恵《ちえ》者のご家老さまがいますからな。そうですか、お名前は加治の方にも知られていますか。その勘解由さまが百姓をなだめて、青苧《あおそ》を大そうよい値段で引き取ると約束されたそうで、百姓の不平はそれですっかりおさまったそうです」

「……」

「それにさっきの狩野屋さんの蔵屋敷がからんでいるのですよ。狩野屋さんは、上方に行って青苧の取引の道をつけてござったそうで、青苧ならいくらでも引きうけると、お城に請け合ったそうです」

「へえ」

と半之丞は言った。餅菓子を喰い終って、財布をつかみ出した。

「それで狩野屋さんは、またがっぽりともうかるんじゃないの?」

餅菓子屋を出ると、半之丞は表通りには出ずに、裏通りをお茶屋の播磨屋がある方角に歩いて行った。

小出加治領には、何も問題はないらしい、と思った。山崎の役目は終ったのだ。裏通りは狭くて、表通りにくらべると静かだった。道には気持のいい初夏の風が通っている。

播磨屋の裏口に出た。半之丞は、そこも黙って通りすぎたが、表通りに出るところで振りむくと、その裏口から若い女が出て来るのが見えた。

半之丞は一たん表通りに出た。そこで引き返して、もう一度裏通りにもどって行った。播磨屋の裏口から出て来た女とすれ違ってから、うしろから声をかけた。

「間違ったらごめんなさいよ。あんたは播磨屋さんのひとじゃなかったかね」

女は立ちどまると、びっくりした顔で半之丞を見た。まだ十六、七の頬の赤い娘だった。

「そうです」

「ちょうどいいや。栄助がいたら呼んでもらえませんか」

その名前を口に出すとき、半之丞はわずかに緊張した。それはひょっとすると口にするには危険な名前かも知れないのだ。

だが娘はあっさりと言った。

「あら、栄助さんなら、江戸の元店に帰りましたけど」

「え？」

半之丞は大げさにおどろいた顔をつくった。信じられないという顔をした。

「江戸に帰ったって？」

「そうですよ」

「そいつは参ったな。おれ、栄助に金を貸してたんだが」

「知り合いですか？」

「知り合いなんてもんじゃない。昵懇《じっこん》の友だちだよ。参ったなあ」

「いくら貸したんですか？」

小女はいくらか同情をおぼえたらしい。気の毒そうに言った。

「一分とちょっとだよ。あいつ、いつ帰ったんだね？」

「もうひと月も前ですよ。もっと前だったかしら？　何でも二月の末だったかと思うけど」

小女は半之丞に馴《な》れて口が軽くなった。

「栄助さんは、そんな大金を何に使ったのかしら」

「なに、白金町をひやかしに行ったとき立て替えた金ですよ」

「あら」

と小女は言って、赤い頰をさらに赤く染めた。白金町は港のすぐそばにある歓楽の町で、堅気の女たちはその町に出入りすることはない。

播磨屋の女中と別れると、半之丞はすぐに小出加治領を出た。山崎勝之進の行方が知れないうちは、長居は無用の町である。

——山崎は、やはり二月末にこの国を発ったらしい。

半之丞は眉《まゆ》をひそめた。組頭の疑いをバカげていると思いながら、半之丞は心のどこかに、山崎が小出加治の城下に残っていることがあり得ると考えていたようである。

奇妙なことだが、女中に山崎が二月末にこの町を出たと聞かされたときから、その疑いはむしろ強まったようでもあった。しかしむろんこれからやることは決まっている。いたずらな推測をやめて、山崎の足あとを追ってみるのだ。

翌日、半之丞は主人の嘉兵衛に言って、道中切手をつくってもらった。

三

もとの加治領から江戸にむかう道は二本ある。一本は加治藩の西南に横たわる帝釈《たいしやく》山《ざん》の中腹を通って出羽《でわ》街道に出る道で、もう一本はいまの小出加治領の東の峡谷ぞいに街道に抜ける道である。

帝釈山の峠を越える道の方が、平坦《へいたん》で幅もあり、本藩、支藩とも参覲《さんきん》の行列はこちらを通る。だが街道に出るには、やや道は険しいが峡谷ぞいの道の方が近道だった。小出の城下から旅に出る者は、大ていはそちらを通る。

半之丞は一たん小出加治領に入り、その道にむかった。足もとはるか下を流れる谷川を見おろす難所と呼ばれる場所が二カ所ほどあるが、そこを通り抜けると、道は少しずつ下りになった。

新緑の木立に日が映え、たえ間なく小鳥の声がする山道だった。そして不意に杉の木立が切れて、半之丞は荒れ地と山畑がひろがるゆるやかな高台に出た。点々と家が見えて来た。傾斜の道を下り切ったところに、関所がある。

半之丞は関所に近い手前の村で、少しずつ聞きこみをした。二月の末ごろと前置きして、この街道か関所のあたりで、何か変ったことがなかったかと聞いたのだが、村人は怪訝《けげん》そうな顔で首を振っただけだった。

関所を抜けると、そこは天領だった。半之丞はまっすぐ出張り陣屋のある村を目ざしていそいだ。歩くのははじめてだが、このあたりの地理は聞いていて、頭の中にそらんじている。

瀬川という名の代官所手附《てつけ》は、半之丞が姓名を名乗り、公儀御用の者だと言うと、間もなく身分をさとった顔色になり、年老いた下男にお茶をはこばせた。

半之丞は、出張り陣屋というものの、ただの古びた百姓家にすぎないその家の縁側に腰かけて、お茶をすすった。

熱いお茶がうまかった。庭のすももが、米つぶのような白い花をつけている。

「二月末から三月はじめ……」

と半之丞は言った。

「そのころに、小出加治から関所を越えて来た旅の者に変ったことはなかったかね」

「さて」

瀬川は首をかしげ、部屋の中で机にむかっている男に、おいと声をかけた。

「この前、新野が言っていたあのことかな？」

「そうかも知れません」

書き役と思われる若い男がそう答えると、瀬川は男のそばに行って、ひそひそと何か話し合った。

そして書き役が渡した一冊のぶ厚い帳面を持って、縁側にもどると、指をなめて帳面をめくった。瀬川は四十半ばで、そこらの農民とあまり変りない真黒な顔をしている。動作は粗野でのろかった。

「えーと」

めくった帳面を手の上にひらいたまま、瀬川は言った。

「それがしは十日ほど前にこちらに来たばかりで、おたずねの二月末には、新野庸助《ようすけ》という者がここを預っておりました。変ったことと言うのは、そのときのことではないかと思いますが……」

「変事があったのか？」

半之丞は茶碗《ちゃわん》をおいて帳面をのぞいた。瀬川は、ここをごらんくださいと言って、太い指で帳面をつついた。

「江戸へ行く道中切手を持った男が、この先の牟呂《むろ》村のはずれで殺されました。ええーと、名前は小出加治城下の茶商播磨屋の奉公人栄助、齢《とし》は三十一と――。道中切手によるとそうなっておりますな」

「殺されたというのは、すぐにわかったのかね？」

「ひと突きに胸を刺されて絶命していた、とあります。その栄助を殺した相手ですが、ええーと、これは不明であると」

瀬川は顔をあげた。

「帳面にはこうありますが、陣屋に報告に来た新野の話では、栄助という男には連れがいたそうです。それは関所にたしかめてわかりました。しかしながら、その連れの男の身分、名前は不明であると、こういうことですな」

「ちょっと待った」半之丞は言った。

「連れというのは男だったのですな？」

「その通りです。当然この男が怪しいとみられたのですが、なにせ死人が見つかったのが、およそ一日後、死骸《しがい》はやぶの陰に蹴込《けこ》んであったので、すぐには見つからなかったと、こういうわけで後のまつりです」

「栄助の死骸はどうなっている？」

「このあたりでは、死人は茶毘《だび》にしますので、骨にして寺の無縁墓に葬《ほうむ》ってあります」

「骨にした?」

半之丞はけわしい顔で瀬川を見た。

「身元も確かめんでか?」

「いえ、身元は確かめました」

と瀬川は言った。

「小出加治の奉行所に使いをやり、そこの役人と播磨屋の主人徳右衛門を呼んで、検死を行なっておりますな。ええーと」

瀬川はまた帳面をめくった。

「それは三月の二日のことで、徳右衛門の言うことには、栄助は江戸の播磨屋の元店の人間であるが、身よりはおらんと、こう申したので徳右衛門に茶毘および法要の費用、金二分也を出させて、埋葬をすませたと、かようになっております」

「徳右衛門は、殺された男を栄助と認めたわけだな?」

半之丞が言うと、瀬川は帳面をとじて怪訝そうに半之丞を見た。

「むろんです。何かご不審でもありますか?」

「いや」半之丞は首を振った。

「栄助を殺して逃げたと思われる男のことを徳右衛門に聞いてみたかな」

「それは新野庸助がただしたという話でしたが……」

瀬川はゆっくり首を振った。

「播磨屋は思いあたることはないと、かように申しておったそうです」

四

栄助が殺されたという場所を調べ、また陣屋に行って改めて新野という手附にも会って、くわしい話を聞いてから二日後に、半之丞は遠回りして帝釈山口の関所を通り、嘉兵衛の店に帰った。

そのあと一日は、また店の手伝いをした。いろいろと考えることがあった。小出加治の茶商播磨屋徳右衛門は、殺された男を栄助、つまり山崎勝之進だと認めたという。陣屋で会った代官所手附新野庸助から聞いた話も、ほぼそのことを裏づけるものだった。

死人は三十前後の男で、面長で眉が太く、骨格は頑丈だったという。山崎に似ている。

ただ新野は、殺された男の両手に、いくつかの小さなやけどの痕《あと》のようなものがあったと言った。山崎は茶商に奉公していて、火を使うような仕事をしていたのだろうか？　そのことは小さな疑問になって残ったが、それで死人が山崎とは別人ではないかと疑わせるほどのことでもなかった。

最後の土壇場《どたんば》で、山崎は隠密《おんみつ》という身分を見破られて殺されたとみてもよさそうだった。すると殺したのは、小出加治藩の人間なのだろうか。

半之丞は、山崎かも知れないその男を殺して姿を消した、もう一人の連れのことが気になった。二人は連れ立って関所を通ったことがたしかめられている。

山崎は、なぜそんな男と連れ立っていたのか、またそれが山崎を公儀隠密と知って、消すのが目的で一緒に来た男だとすれば、領内で殺さず、関所を越えてから殺したのはなぜか？　ただ領内では隙《すき》がなかったというだけのことに過ぎないのか？

考えているうちに、半之丞は自分が山崎勝之進が死んだことを、少しも納得していないのを感じた。黒い疑惑が心の底に居すわっている。

——けっきょく……。

と、その夜固い夜具の上で半之丞は結論を出した。播磨屋に会ってたしかめるしかないのだ。

播磨屋に会うことが、どんなに危険なことかはわかっていた。播磨屋も、若いころ江戸の茶問屋に奉公した人間で、杉田屋と同様に国元に店を開くときは奉公先の援助をうけたという事情は同じだが、元店との関係は、半之丞がいる杉田屋と江戸の若狭屋の場合にくらべるとつながりはうすいと聞いている。

山崎が消されたとすれば、それは播磨屋が藩に密告《さ》したことも考えられるのだ。だが、そのことをたしかめるためにも播磨屋に会うしかないようだった。身体《からだ》でたしかめることになるかな、と半之丞は思った。

翌日、半之丞は嘉兵衛に、数日小出の方に行って来ると言い、帰って来たときすぐにも加治領を抜け出せるように、道中切手を用意しておくように頼んだ。嘉兵衛は何も言わずに請け合った。

小出加治城下に着くと、まっすぐ播磨屋に行った。店から入って、加治城下の茶問屋の名を持ち出し、旦那《だんな》に会いたいと言うと、間もなく茶の間に招き入れられた。

播磨屋が出て来るまでに、女中がお茶を運んで来た。この間言葉をかわした頰の赤い娘ではなく、眼のきれいな、二十過ぎの女だった。顔にいくらかかげりを感じさせる女中は、お茶を置くと無言で出て行った。

入れ違いに背が低く、まるい身体つきをした六十近い年ごろの男が入って来て、主《あるじ》の徳右衛門でございますと言った。徳右衛門は半之丞にお茶をすすめ、自分もひと口すすってからやわらかい微笑をむけて来た。

「さて、ご用件をうけたまわりましょうか」

「牟呂村の竜昌寺《りゆうしようじ》まで、検死の立ち合いに行かれたそうですな。その時のことを聞きたくて来ました」

半之丞がそう言うと、徳右衛門の手がはげしくふるえ出した。お茶をこぼしそうになった。

「江戸のお方ですか?」

徳右衛門は、茶碗を下に置くと、身体を前にかたむけてささやいた。

「そうです」

「では、こちらへ。どうぞこちらへ」

徳右衛門は言いながら、あたふたと立ち上がった。そのまま茶の間を出て、奥の方に歩いて行く。広い家だった。半之丞がついて行くと、徳右衛門は奥まったひと部屋に半之丞を招き入れたが、そこは仏間だった。

「ここなら、何を話しても外に洩《も》れる気づかいはありません」

むかい合って坐《すわ》ると徳右衛門はそう言い、懐《ふところ》から鼻紙を出して顔の汗をぬぐった。まるくて血色のいい顔に、おびただしい汗をかいていた。

「山崎さまのお友だちですか?」

「そうだ。組頭の命令で来た」

「ごもっともです。いらっしゃるはずです」

徳右衛門は、白髪の頭をせわしなく動かした。

「天領のお役人さんから便りをもらって、竜昌寺まで参りました。一人ではなく、この奉行所の佐伯《さえき》さまとおっしゃる方がご一緒でした」

「……」

「見せられた死人は、山崎さまではありませんでした」

半之丞は無言で徳右衛門を見た。徳右衛門も、まるい眼をいっそうまるくして半之丞を見返している。

やはりそうか、と半之丞は思った。そういう事実を、心のどこかで予期していたようでもある。静かに聞いた。

「そのことを誰かに洩らしたか?」

「いえいえ」徳右衛門は手を振った。

「死人は、山崎さまの道中切手を持ち、着ている物も山崎さまが、この家を発《た》たれるとき身につけていた物を着ていたのですよ。それが別人だなどということが知れたら、わたくしの身がどうなるとお思いです？」

「死人は、知ってた男かね？」

「まるっきり、おぼえのないひとでした」

固く徳右衛門の口を封じて、半之丞は半刻《はんとき》（一時間）ほどして播磨屋を出た。日が落ちて、町がほの暗くなっていた。半之丞は、ゆっくりした足どりで港の方に歩いて行った。港のそばには、大小の宿屋が散らばっている。手ごろな宿を見つけて泊るつもりだった。

――山崎は生きていたのだ。

どういうつもりか知らないが、厄介なことをしてくれると思った。天領で連れを刺して逃げた男というのが山崎だろうことは、容易に推測出来ることだった。

自分を死人に仕立てて姿を消した山崎は、ではどこに行ったのか？

――この町にもどって来たのだ。

半之丞はそう思った。さほど根拠のある推測ではなかったが、その予感は強力だった。この町に、山崎に公儀隠密山崎勝之進という一人の男を抹殺《まっさつ》することを思いつかせた動機がひそんでいるはずだ、という気がした。

町は、そろそろ表の戸を閉め終るところだった。軒先に裸火を吊《つ》るしている青物屋の前に、女たちが群れているそばを通りすぎたあとは、通りは急に暮色が濃くなり、人通りもまばらになった。

高台にある城の板塀《いたべい》と、角櫓《かどやぐら》の壁に、海をわたって来るかすかな微光が残っているのが見えた。町を横切る川に出た。半之丞は橋を渡った。

その橋を渡り終ると、道はくだりになり、港のまわりの、夜になると活気づく歓楽の町の灯が見えて来るはずだった。

半ばまで橋を渡ったとき、背後から突風のようなものが襲って来るのを感じた。その硬い夜気のかたまりは、まっすぐに半之丞の背に迫って来た。

とっさに半之丞は欄干に身体を寄せた。半之丞が欄干の下に身を投げるのと、突風のようなものが横を奔《はし》り去るのがほとんど同時だった。はね起きたときは、黒い人影はもう橋を渡り切って、右手の河岸に走り込むところだった。姿はすぐに人家の間の闇《やみ》に消えた。

半之丞は、袖《そで》をあげてみた。妙に袖のあたりが軽いと思ったら、右袂《たもと》が切り落とされていた。むろん、黒い人影が、通りすぎざまに兇器《きょうき》をふるったのだ。

――播磨屋か？

と思った。播磨屋徳右衛門が、藩の者に密告しておれを襲わせたのか？

だが、半之丞はすぐにその推測を捨てた。そんなことをすれば、播磨屋だってただでは済まない。身の破滅を呼びかねないのだ。

山崎だ、と思った。山崎はやはりこの町にひそんでいて、こちらの動きをじっと見つめていたらしい。いまのは、探索をあきらめて引き揚げろという警告だったのか。

――そうではなかろう。刺すつもりだったのだ。

ゆっくり歩き出しながら、半之丞はそれが当然だと思った。山崎も隠密である以上、半之丞が受けた命令の中身を知っているはずだった。

五

頬の赤い、若い女中は、半之丞をみるとおやという顔をした。後をつけられたとは気づかなかったようだ。

「やあ、あんたとはよく顔が合うな」

と半之丞は言った。前後に通行のひとが混《こ》んでいる。半之丞は娘を道わきに誘った。

「ちょっと聞きたいんだがね」

「何ですか？」

「栄助のことだ。おれがうっかりしてたのは、あいつ女がいるような話をしてたもんでよ。まさか江戸に帰るとは思わなかったんだが、あんた、その栄助の女というのに心あたりはないかね？」

「そんなことを聞いて、どうするのよ？」

娘は非難するように半之丞を見た。

「貸したお金を、女のひとから返させるつもりなのね」

「違う、違う」と半之丞は言った。

「そこまでは考えてないが、どうもだまされたようでいい気持がしないのさ。そういう男にはみえなかったんでね。栄助の女というのがいたら、ちょっと事情だけでも聞いてみようかと思っただけだよ」

「おあいにくさまね」と娘は言った。鼻のわきに小皺《こじわ》をつくって笑顔になった。

「そんな噂《うわさ》は聞いてなかったよ」

「そうかい？」

半之丞は、がっかりした表情をつくった。

「ところで、この前あんたに会って、栄助のことを話したのを、お店の誰かに話したかい?」

「どうして? おみちさんに話したけど」

「おみちさんというのは、二十過ぎの眼のきれいな女中さんだな?」

「あら、知ってるの?」

「いや、会ったことはないが、栄助に話を聞いたことがある。ひょっとしたら、女がいるってのは、そのひとのことじゃなかったかと思うんだが……」

「そりゃ思い過ごしよ」と娘は言った。

「あのひとは身持ちが固いので評判のひとだもの。それというのも、前にご亭主に別れて、男はもうこりごりなんですって」

「ふーん」

「おみちさんには、三つになる女の子がいるんだよ。時どき、おっかさんにあずけてある子供に会いに行くだけが、あのひとのたったひとつの楽しみのようよ」

暗い中で、半之丞は播磨屋の裏口の見張りをつづけている。おみちという女中が出て来るのを待っているのだが、その見張りは徒労に終るかも知れなかった。

だが、今夜がだめだったら、明日からは昼も夜も女を見張るつもりだった。海の音が聞こえる小さな宿屋で、半之丞は橋の上で襲って来た、おそらくは山崎と思われる黒い人影のことを考えつづけたのだが、その考えの中に、ぽっかりと浮かび上がってきたのが、播磨屋でお茶を運んで来た女中のことだったのである。

襲って来た男が山崎だとすれば、山崎はどこで半之丞の小出加治潜入を知ったのだろうか。最初は、はじめて小出加治城下に来た日から、山崎の監視をうけていたと考えた。しかしそれはいくら熟練の山崎にも無理だという気がした。

江戸にもどらなかったら、誰かが事情をさぐりに来ることを、山崎は予期していただろう。それが半之丞であれ誰であれ、小出加治の城下に来て、次いで天領まで後を追って行くとしても、山崎はそのことを恐れる必要はない。むしろそのように動いてもらう方が好つごうだったはずである。

ただ山崎は、その探索人が危険を冒して播磨屋の主人に接触するようなら、たくらみは露見すると考えていたに違いない。だから、ただ一カ所播磨屋に見張りを置いたのだ。播磨屋の中の誰かが、半之丞が来たことを、山崎に急報したのである。

それが、眼もとのうつくしいあの女中かも知れない、と思うのは単なる勘だった。おみちというその女は、頰の赤い女中から、数日前播磨屋の裏通りに栄助の友だちと称する男が現われたことを聞いている。また、昨日は播磨屋をたずねた半之丞にお茶出しに現われてもいる。山崎が播磨屋の中に監視人を置いているとすれば、この女こその役目の人間にふさわしいと勘は教えるのだが、それがあたっているかどうかは、まだわからなかった。

ただ半之丞は、さっきまだ明るいうちに罠《わな》をひとつかけた。頬の赤い若い女中に会って、栄助の女のことを話した。若い女中は、店にもどると早速、おみちにその話をしたはずである。おみちが、山崎とつながりのある女なら、そのことを山崎に告げるために、外に出ないだろうかと半之丞は思っていた。だが、播磨屋の裏口はひっそりしたままで、いたずらに夜が更けるようだった。

意外な近さで、寺の鐘が鳴り出した。五ツ（午後八時）の鐘である。

――無駄骨だったらしいな。

と半之丞は思った。加治城下でもそうだが、五ツを過ぎると、通りの人足はばったりとだえる。女のひとり歩きは、まずない。

おみちは自分の家があるが、子供は母親にあずけ、ふだんは播磨屋に住みこんでいる。明日出直しだ、と思いながら半之丞は立ち上がって腰をのばした。

そのとき播磨屋の裏口に不意に明かりが動き、ひとが二人出て来た。一人は白髪の老婆《ろうば》で、もう一人がおみちだった。半之丞は塀の陰に身をすくませて、提灯《ちょうちん》の明かりの中で二人の女が挨拶《あいさつ》をかわし、右と左に別れるのを見つめた。そしておみちが、提灯の光とともに遠ざかるのを待って、塀の陰から出た。

暗い夜の道を、おみちはいそぎ足に歩いて行く。途中で半之丞は方角を失い、ただ前を行く提灯の光だけを頼りに歩いた。

おみちはある路地を入ると、案外に早く一軒の家の前で立ちどまった。その家は鍛《か》冶《じ》屋だった。表戸は閉め切ってあるが、中で夜なべをしているらしく、籠《こも》った槌音《つちおと》が聞こえ、板戸の隙間《すきま》から火花が走るのが見えた。

おみちが戸を叩《たた》くと、戸が開いて一人の男が顔を出した。二人は顔を寄せあって、何か話しているようだった。戸を叩く前に、おみちが提灯の灯を消したので、男の顔は暗い影になって見えなかった。

話が済んだらしく、男がすっと顔をひっこめ、後を追うようにおみちが家の中に入って行った。戸は開いたままである。

さほど手間どらずに、おみちがまた姿を現わした。背に子供を背負っていた。一人ではなく中年の小柄な女が一緒に外に出て来て、おみちに提灯を渡した。

――そうか。あれが母親だ。

おみちの提灯が、身を隠している天水桶《てんすいおけ》のそばを通りすぎ、その姿を見送った女が家の中にもどるのを見ながら、半之丞はうなずいた。そこの鍛冶屋がおみちの実家なのだ。そしておみちは、実家には泊らずに、これから自分の家に行くつもりなのだろう。

――なぜかと言えば……。

そこに山崎勝之進が待っているからだ、と半之丞は確信した。男と女のつながりをはっきり見た、と思った。多分、それが山崎が江戸の妻子も、公儀探索の役目も捨てた理由だろうと思った。

天水桶の陰から出て、半之丞はおみちの後を追おうとした。だが数歩歩きかけて、半之丞は水を浴びたような気がして、うしろを振りむいた。

うしろにひどく気になるものがあった。半之丞は鍛冶屋を見た。槌音がやみ、火花も見えなかった。そして、まだ戸が開いている。暗い穴のように戸が開いたままである。まだ、誰かが出て来るのだ。そう気づくと、半之丞は足音をしのばせて、天水桶の陰までもどった。そのまま闇の中にうずくまって待った。

その男は、間もなく鍛冶屋から外に出て来た。戸を閉めると、提灯も持たずにすたすたと歩き出した。半之丞は十分に距離をおいてから、道に出て後を追った。

前を行く黒い人影が山崎であることは、顔を見なくともわかっていた。半之丞は代官所手附の新野が言った言葉を思い出している。新野は、死人の両手には小さなやけどが沢山あったと言ったのだ。

――替え玉は、あの鍛冶屋で仕立てたのだ。

どうしてそんなことが出来たのかは、山崎に聞かなければわからないが、おそらくは鍛冶屋の、おみちの両親ぐるみで仕組んだことだろう。身よりもいない奉公人を、江戸見物にでも連れて行くと偽って、誘い出せば出来ないことではない。

昨夜襲われた橋にかかったところで、半之丞は男に追いついた。呼びかけるまでもなかった。立ちどまった山崎が言った。

「塚本か。どうもつけられている気がしたのだ」

「……」

「さて、どうするつもりだね」

「どうしようかと考えている」

と半之丞は言った。じっさい少し迷っていた。組頭はああ言ったが、茶商播磨屋に栄助という名で奉公した男は死んでいるのである。そう報告することだって、出来ないことではない。ここで山崎を始末してもしなくても、江戸の山崎の嘆きはひとつである。

子供を背負って、暗い夜道を遠ざかって行ったおみちという女の姿が眼にうかんで来た。

「どっちみち、貴公は死んだと報告することになる」

「二度死なせることもあるまい。ん？」

山崎が近づいて来た。待て、近よるなと言おうとしたとき、山崎の黒い姿が躍り上がり、風のようにすれ違って行った。とっさに体をひねって橋板の上に身を投げたが、半之丞は左腕を刺されていた。転んだまま、半之丞はわざと大きなうめき声をあげた。とどめを刺しにもどって来ることはわかっている。

はたして、音もなく山崎がもどって来た。暗い空に山崎の姿がそそり立つようにうかび上がった。

「甘かったな、塚本」

うそぶくように言うと、山崎は匕首《あいくち》をかざしながら、用心深く身をかがめて来た。

「この仕事、人情は禁物よ。おれも情にからまれて身をあやまった」

はっしと山崎は匕首を打ちおろして来た。だが半之丞の足が、蛇のように山崎の胴にからんだ動きの方が早かった。音立てて倒れた山崎をすばやく組み伏せると、半之丞は倒れたときに隠し抜いていた匕首を、声もかけずに山崎の首筋に突き刺した。

ひと刺しの勝負だった。山崎の手足の痙攣《けいれん》がやむのを見とどけてから、半之丞はいそぎ足にその場をはなれた。そのまま加治城下の杉田屋にもどるつもりだった。腕の傷は浅くはないが、杉田屋にもどれないほどではない。

暗い橋の下で水の音がした。おみちという山崎の女の顔が、もう一度ちらとうかんで来たのを振り切るように、半之丞は足をはやめた。

飛べ、佐五郎

新免佐五郎は、神田亀井町《かめいちょう》の通りをゆっくり歩いて行った。太物商信夫《しのぶ》屋の前にかかると、いつものように足が竦《すく》む気がしたが、がまんして変らない足どりで歩いて行く。

駆け出したり、立ちどまったり、なにしろ人目につくようなことをしてはならない。そう思うとかえって、自分の手足が、いまにも勝手な動きをはじめそうな恐怖にとらえられたが、どうにか無事に通りすぎた。頬かむりの中から、ちらと信夫屋の店先を窺《うかが》うことも忘れなかった。店はいつもの通りで、客が二、三人いるのが見えた。

亀井町を通り抜け、佐五郎は小伝馬《こでんま》町の通りに踏みこんでいる。そこまで行くこともないのだが、恐怖が佐五郎をそこまで歩かせてしまう。突きあたりに、小伝馬町の牢獄《ろうごく》の石垣と練塀《ねりべい》が見えて来たところで、佐五郎はようやく足をとめ、あたりを窺ってからいま来た道をもどりはじめた。

気分はさっきより落ちついていた。佐五郎は半纏股引《はんてんももひき》きで、職人のような恰好《かっこう》をしている。誰もその恰好から、中身がもと武家だとは思わないだろうし、まして敵持《かたき》ちだなどと見破るはずもない。そう思うゆとりが出て来た。

たそがれかけて来た信夫屋の店先のあたりを、今度は注意深く見る。店の前を通りすぎる数人の通行人の背と、店内から灯の色が洩《も》れているのが見える。間もなく女中か、小僧が出て来て、表の軒行燈《のきあんどん》に灯を入れるだろう。

そう思ったとき、店の中から人が出て来た。女客らしい年増《としま》だった。そしてそのあとから、もう一人、慈姑《くわい》頭で薬籠《やくろう》をさげた男が出て来た。医者である。それが、佐五郎のお目あての人間だった。

医者を送って出た者がいる。白髪まじりの、がっしりした身体《からだ》をした五十男である。八十助《やそすけ》といい、信夫屋の離れにいる病人貝賀庄之助の従僕である。八十助が、こちらの顔を見知っているかどうかはわからなかった。だが用心しなければなるまい。

佐五郎は頰かむりの顔をそむけ、道の端を歩いた。信夫屋の前を通りすぎるときには、八十助はもう店の中に姿を消していた。かわりに身体のほっそりした若い女が出て来て、軒行燈に灯を入れはじめた。

背が低く瘦《や》せている医者は、意外に足が早く、その背はもう遠くの人ごみの中にまぎれようとしている。だが佐五郎は、その医者にいますぐ用があるわけではない、亀井町のはずれまで来て、道わきの甘酒屋に入った。

煮しめ屋と青物屋にはさまれた、間口一間《けん》の狭い店だった。

「いま信夫屋から、医者が出て来るのを見たが……」

甘酒を頼んでから、佐五郎は亭主に訊《たず》ねた。

「離れの病人とかは、まだぐあいがよくねえのかね」

「それがあんた」

甘酒をあたためはじめたばかりとみえ、釜《かま》の火加減を見ていた亭主が、ひょいと顔をあげて佐五郎を見た。客は佐五郎一人である。

「よくなるどころか、ここ二、三日の命だろうと言ってますよ」

「ほう」

佐五郎の胸に、鋭く光るものが入りこんで来た。そうか、貝賀庄之助はいよいよくたばるのか。するとおれを敵とつけねらう者は、間もなくこの世にいなくなるわけだ、と思った。

「信夫屋さんでも、義理のあるおひとじゃあるけれども、内心迷惑していなさるようですよ」

「そりゃそうだろうな」

と佐五郎は相槌《あいづち》を打った。

「へたすりゃ、赤の他人の葬式を出さなきゃならねえからな」

「信夫屋の旦那《だんな》が、何であの病人を大切にしているか、知ってますかい？」

と甘酒屋の亭主が言った。半月ほど前、佐五郎はカマをかけて、その事情というのを聞き出したのだが、亭主はそれを話したことも、佐五郎の顔も忘れているらしい。佐五郎を、ただこのあたりの町の人間か、それとも信夫屋の内輪のことを多少知っている人間とでも思っているらしかった。その方が、佐五郎にはつごうがよい。とぼけ顔でいいや、と首を振った。

「聞いたのは、信夫屋が離れに病人を養っているらしいってことと、その病人がお武家で、信夫屋の縁つづきらしいということだよ」

「縁つづきというのじゃないね」

亭主は甘酒の椀《わん》を盆にのせて、奥から出て来ると、おまちどおさまと言って、佐五郎の前に椀を置いた。

そして、そのままそばに立ってしゃべりはじめた。

「義理といっても、そういう筋のもんじゃなくてさ。離れの病人の兄《あに》さんというおひとが、むかし江戸詰でこちらにいらしたとき、信夫屋さんが江戸屋敷に商売で入りこむ手引きをしたとか、そういうかかわりでさ。あそこじゃ、いまもそのお屋敷に品物をおさめて儲《もう》けているから、頼って来られりゃ、粗末にゃ出来ねえ病人なんだって。こいつはあそこのむめという婆《ばあ》さん女中に聞いた話だから、たしかですよ」

亭主は一人きりでさびしかったとみえ、力をこめてしゃべった。つばが飛ぶ。佐五郎は甘酒の椀を手もとにひきよせた。

するると、亭主が顔を寄せて来て、ささやき声になった。

「その病気のお武家ですがね」

「……」

「敵持ちだってえのを知ってますかい」

「ほう、敵持ちとな？」

そこまで知れているのかと、ぎくりとしたせいか、佐五郎は思わず武家言葉になった。亭主が妙な顔をした。佐五郎はあわてて甘酒をひと口すったが、熱くて喉《のど》が焼けるようだった。眼を白黒させて飲みこんでから言い直した。

「へえ？　敵持ちとは初耳だな」

「でしょう？」

亭主はとくいそうな顔になった。佐五郎が初耳だと言ったのに気をよくしたらしく、さっきの失言にはさほどこだわらなかった。

貝賀庄之助は、兄の敵をさがしもとめて十年もの間諸国をめぐり歩き、二年ほど前からは敵は江戸にひそんでいるという見当で、虱《しらみ》つぶしに江戸の町々をさがし回っていたが、旅の無理がたたったか病気になり、三月《みつき》ほど前から信夫屋の離れに寝たきりになっている。

甘酒屋の亭主は、得々とそういう話を聞かせ、それから慨嘆する口ぶりになって言った。

「あわれな話じゃござんせんか。敵を討って本望とげた後というんならともかく、途中で病気になって、明日をも知れねえ命だなんて、さぞご無念でしょうよ」

「まったくだ」

と佐五郎は言った。庄之助に同情はする。だが、本望をとげられたりしてはかなわん。甘酒をすすりおわって、佐五郎は勘定をはらった。

頰かぶりをしていると、亭主が寄って来て、いま言ったことは内緒ですよ、と言った。

冬木《ふゆき》町の裏店《うらだな》にもどったが、おとよはまだ帰っていなかった。おとよは仲町の小料理屋で働いている。昼勤めで、ふだんは夕方にはもどって来るのだが、客が混《こ》んだりすると、帰りが五ツ半（午後九時）ごろになることもある。

暗い家に入りながら、佐五郎は今夜も居残りかな、と思った。

行燈に灯を入れる。いつもなら、おとよの帰りが遅いと見きわめがつくと、味噌汁《みそしる》ぐらいはつくって、残り飯で食事を済ますのだが、佐五郎は、今夜はその気になれず、行燈のそばに、肱枕《ひじまくら》で横になった。

庄之助はあと二、三日の命らしいと言った、甘酒屋の亭主の言葉が、頭の中に鳴りひびいていて、飯どころではなかった。

——それがほんとうなら……。

長い間厚い雲のように頭の上を覆《おお》っていたわずらいが、間もなく消え去るのだ。甘酒屋の亭主は、知ったかぶりをして敵をさがしつづけて十年などと言ったが、正しくは十二年だ。

十二年もの間、いつ貝賀庄之助があらわれるかと、片ときも胸を去ることがなかった恐怖から、解き放たれる日が来るというのかと思った。佐五郎は、ごろりと身体を仰《あお》むけにし、行燈の光が動いている煤《すす》けた天井を仰いだ。

十二年前、新免佐五郎は御納戸方《おなんどかた》の貝賀助左衛門を斬《き》って、北陸にある小さな藩を出奔した。貝賀を斬って立ちのいたといえば聞こえがいいが、争いの中身は、ほめたものではなかった。そうなったもとは、助左衛門の妻女である。

あのとき、助左衛門の家内は、よほど退屈していたに違いない、と佐五郎は敵持ちの身になって、諸国を転々とする間に、いまいましい思いで、助左衛門の妻女の平べったく白い顔を思い出したものである。

発端となった出来事は、じつに些細《ささい》なことだったのだ。ある夏の終りに、城下のはずれにある般若寺《はんにゃじ》で法事があった。そこで佐五郎は、郁《いく》という名の助左衛門の妻女と一緒になった。

といっても、佐五郎と貝賀家、または郁とは何のつながりもなかった。ただその日の法要をうけた仏に、それぞれいささかの縁があって、般若寺に行っただけである。

無事に法事が終って、人びとはそのあと本堂わきの大広間で酒を振舞われ、三々五々寺を出て行った。

佐五郎が少し人より遅れて寺門を出たのは、酒が終ってから、庫裡《くり》の裏にまわって庭を見たためである。般若寺は曹洞《そうとう》宗の巨刹《きよさつ》で、城下で名高い庭がある。佐五郎は、そんな機会でもなければ、なかなか見られない庭を見物し、ひしめくように泳いでいる鯉《こい》の群を見てから寺を出た。佐五郎は鯉が好きで、自分でも数尾飼っていた。

日が落ちたが、暗くなるまでには、まだ間があった。寺門からまっすぐ城下につづいている道には、もう人影は見えなかった。道の左右は穂を垂れた稲田である。その道をぶらぶら歩きながら、佐五郎はどうやらおれがしんがりらしいな、と思った。ところが、佐五郎より遅い人間がいたのである。下駄の音が追いついて来たので、振りむくと助左衛門の妻女だった。妻女は、佐五郎をみると、おや、新免さまと言った。

法事の仏の葬儀のとき、郁は夫の助左衛門と一緒に来ていたので、佐五郎も妻女の顔は知っている。だがそれは三年も前のことである。佐五郎は、妻女が自分を見おぼえているとは思わなかったので、声をかけられてどぎまぎした。すると妻女は、なれなれしく身体を寄せて話しかけて来た。

「遅うございましたこと。何かお寺さまにご用でも?」

「いや、庭を拝見させてもらってござる」

佐五郎は固くなって答えた。佐五郎は三十石の普請《ふしんぐみ》組勤めだが、助左衛門は御納戸に勤めて禄《ろく》は百石である。そのうえ、郁の方が、たしか佐五郎より五つ六つ年上のはずだった。

平べったい顔で、美貌《びぼう》とはいえないが、肩はまるく、胸は厚く、まだ妻帯していない佐五郎からみると、郁はまぶしいような人妻の色気をまとっている。

「庭がお好きでございますか」

「いや、鯉でござる。それがし、鯉が好きで」

「おや、鯉を」

子供っぽいことを言うと思ったのかも知れなかった。郁は佐五郎の顔を盗みみるようにのぞくと、手に口をあててくすりと笑った。そのとたんに、石につまずいてよろめいたかと思うと、ぷつりと下駄の鼻緒を切ってしまった。

とっさに身体をささえると、佐五郎は郁の足もとにしゃがんで、足から下駄をはずした。佐五郎は二十三だった。その若さのせいもあったろうが、それよりも郁との齢《とし》の差、身分のへだたりが、ためらいもなく佐五郎に奉仕の姿勢をとらせたようである。

郁は落ちついていた。手巾《しゅきん》をさし出して佐五郎に渡した。

「これを使ってください」

手巾を引き裂き、黒塗りの下駄を膝《ひざ》にのせて、佐五郎が鼻緒をすげている間、郁は佐五郎の肩に軽くつかまり、片足で立っていた。

鼻緒をすげながら、佐五郎は鼻先に成熟した女の香を嗅《か》いだ。そのために佐五郎は落ちつきを失い、緒を穴に通すのに手間どった。さめかけていた酒が、悪酔いしたように顔にもどってきて、佐五郎の顔は真赤になった。

ようやく緒をすげて、下駄を郁の足もとにもどしたが、郁は足を動かさなかった。佐五郎は、うつむいたまま足袋を履いた郁の足をとらえ、下駄を履かせた。胸が早鐘を打った。

立ち上がると、郁が佐五郎の両腕を軽くつかんで、ありがとうと言った。その手を郁はすぐには放さなかった。

顔を上げると、郁が顔をかしげるようにして、微笑していた。ほほえみながら、郁は佐五郎の眼をのぞきこむようにしている。笑顔がうつくしいひとだ、と佐五郎は思ったが、それはあたりに立ちこめている暮色と、残っている酔いが手伝った感想だったかも知れない。

眼をそらしたのは、佐五郎の方だった。佐五郎はそのときになって、郁の夫が江戸詰で家を留守にしていることを思い出していた。夫が留守の家の妻女とこんなふうに親しそうにしているところを、誰かに見咎《みとが》められたりしてはならない。

「どうぞ、お先に」

後じさりしてそう言うと、郁も手を放した。微笑をひっこめ、一瞬強い眼を佐五郎に投げると、郁は急にとりすました顔になって、もう一度、ありがとうと言った。そして佐五郎をそこに置き去りにしたまま、後も見ずに遠ざかって行った。

それだけのことだった。その後佐五郎は、助左衛門の妻女に会うこともなかったし、法事の帰りに下駄の緒をすげてやったことも忘れた。

ところが、世間は油断のならないものである。人影も見かけなかったようなのに、そのときの二人の姿を、どこからか見ていた者がいたのだ。悪い噂《うわさ》が立った。噂は一たん下火になったが、翌年の春、郁の夫貝賀助左衛門が江戸詰からもどって来る直前になって、またぶり返した。今度の噂は、助左衛門がさきの噂にどうケリをつけるか見よう、という声が混っているだけ、前の噂よりもたちが悪かったと言える。

江戸詰からもどってひと月ほどしたころ、貝賀助左衛門が、下城する佐五郎を濠《ほり》ばたに待ちうけていて、声をかけて来た。そのころになって、助左衛門が噂を耳にしたということではなかったろう。帰国して間もなく、助左衛門はその噂があるのを知ったはずだが、妻女を問いつめ、親戚《しんせき》や周囲にも事情を聞きただすのに、時をかけたに違いなかった。貝賀助左衛門は、慎重な性格の男だった。

声をかけて来たとき、助左衛門は平静な顔をしていた。佐五郎は、助左衛門が言うままに、夕まぐれの町を抜け、城下はずれの川土堤までついて行った。

話せば、わかってもらえると思っていた。下駄の緒をすげてやったというだけのことである。ほんの少し身体《からだ》を触れ合ったことは事実だが、そんなことまで言うことはないし、第一足袋に包まれた郁の足の感触も、そのときのあやしげな気分も、とっくに忘れてしまった。

土堤に出て、聞きただして来た助左衛門に、佐五郎は、その日の出来事を、正直に話した。庭を見て寺を出るのが遅れたこと、一本道の途中で、追いついて来た郁が下駄の緒を切ったこと、鼻緒をすげてやって、郁が先に帰ったことなどである。

だが、話がまだ終らないうちに万事物事に慎重なはずの貝賀助左衛門が、不意に激《げっ》昂《こう》して斬りつけて来たのである。助左衛門は叫んだ。

「そなたら、しめし合わせて遅れて寺を出たのであろう。証拠は上がっておる」

斬りかける助左衛門の刀の下を、佐五郎は青くなって逃げ回った。半ばは本能にうながされて自分も刀を抜いたが、それで助左衛門を殺害することなどは考えていなかった。

佐五郎は三年ほど町の道場に通ったが、いっこうに上達しない剣に見切りをつけて、早々に道場をやめた。真剣を振り回すのはむろんはじめてである。

助左衛門がわめきながら刀を振りおろして来るのを避けながら、佐五郎も恐怖に眼をいっぱいに見開き、喉まで口を開いてわめき返し、刀を振り回した。その刀が、たまた助左衛門の首のつけ根にあたり、致命傷になったのは、佐五郎が助左衛門より十歳も若く、体力に勝っていたことと、佐五郎が振り回した刀の先に踏みこんで来た助左衛門に、運がなかったというだけのことだったろう。

佐五郎はとどめを刺した。作法というものをちらと考えたのだが、倒れて横たわったまま、獣のような声をあげている助左衛門を、一刻も早く黙らせたかったようでもある。

恐怖に、ぐっしょり汗ばみながら、佐五郎はとどめを刺しおわると、その場から逃げた。ただ一人の老母は置き去りにした。

佐五郎が夜道を駆け通して逃げて行った先は、城下から四里も離れた穴水という村だった。そこに佐五郎の母が身体が弱かった数年ほどの間、新免家に下働きで奉公したいせという女の実家がある。佐五郎はその家で、旅支度をととのえ、関所手形をつくってもらうと、翌日の昼前には国境《くにざかい》を越えた。

佐五郎ははじめ京都に行ったが、そこには半日ほどいただけで大坂に行った。そのころには、いせの実家から借り出した路銀も、とっくに使い果していて、佐五郎はすぐに働いた。若くて体力はあったので、日雇い、車の後押しと身を落として働けば、喰うほどの金は手に入った。

だが二年ほど経《た》ったある日。半裸で寺の石垣を積んでいた佐五郎は、すぐそばの道を、三人の男が通りすぎるのを見た。佐五郎より若い男は、貝賀助左衛門の弟庄之助である。六十近い白髪の武士は、貝賀の親族真木弥市兵衛、もうひとり屈強な身体で荷を担《かつ》いでいる四十男は、顔だけ見かけたことがある貝賀家の若党だった。

二日後、佐五郎は大坂を後にして、江戸にむかった。貝賀庄之助は、城下で丹石流《たんせきりゅう》を指南する岡本という道場で、五指に数えられている剣士だった。ただし病弱だったので、親族の真木が介添えでつきそっているのだろう。

貝賀助左衛門には子がいないので、必ず弟の庄之助が藩に敵《かたき》討ちの願いを上げ、後を追って来るだろう。佐五郎はそう覚悟し、京都、大坂と移って来る間も決して油断はしていなかった。だがげんに眼の前に三人の男の姿を見かけると、身体の顫《ふる》えがとまらなかった。庄之助と立ち合うことになれば、おそらくひとたまりもなく斬り倒されるだろう。

江戸は、大坂にもまして、夥《おびただ》しく人間があふれている町だった。そこにもぐりこんで佐五郎はひと息ついた。喰うためには、何でもやった。日雇い、左官の下職、料理屋の下男奉公、小旗本の中間《ちゅうげん》。子供屋に雇われて、芸者の箱持ちをやったこともある。

素姓を吟味されそうになるとやめるので、仕事はどれも長くはつづかなかったが、そうして五年の歳月が過ぎた。

だがある日、佐五郎は江戸の路上で、旅姿の貝賀庄之助たち三人を見た。いくらか遠ざかっていた恐怖が立ちもどって来て、佐五郎を鷲《わし》づかみにした。翌日、佐五郎は江戸を後にして野州の宇都宮《うつのみや》城下にむかった。江戸に来てから知り合った男が、そこに帰っているのを頼ったのである。宇都宮に、二年間佐五郎は息をひそめていた。

だが貝賀庄之助はそこにも姿を現わしたのである。弥市兵衛の姿はなく、がっしりとした肩を持つ若党との二人連れだった。庄之助は、病人のように肉が落ちた頰をしていた。だが眼は餓狼《がろう》のような険しい光を宿している。ある家に頼まれて、植木屋の真似《まね》ごとをしていた佐五郎は、塀ごしに通りすぎる二人を見かけて、あやうく梯子《はしご》を踏みはずしそうになった。

佐五郎は、江戸に舞いもどった。やはり人が大勢いる江戸の方が、安心出来る気がしたのである。

だが前に働いた場所に立ちもどることは危険だった。貝賀庄之助は、どこかで佐五郎の消息をつかみ、次つぎと足あとをたぐって宇都宮まで行ったのだと考えられた。

そう考えると、もどっては来たものの行き場のない思いにとらえられて、佐五郎は一軒の小料理屋に入った。

昼は飯も出す家だが、夜になると酒と女で客をひく店だった。宇都宮に行く前、そこから遠くない子供屋で芸者の箱屋をしていたとき、佐五郎は二度ほどその店に来て安い女を買ったことがある。心細くなっているせいか、佐五郎は女の肌が恋しかった。

二度寝たことがあるだけの女の名前を言うと、すぐにその女が出て来て、ものうい手つきで上がれと合図した。色が黒く、身体が大きく無口なその女が、おとよだった。おとよは佐五郎をおぼえていた。

「しばらく姿が見えなかったんじゃない?」

酒を飲み、ひとの脂《あぶら》がしみこんだ夜具に倒れこんで、男と女がすることを済ましたあとで、ぽつりとおとよが言った。

「宇都宮へ行っていた」

「……」

「もどっては来たが、おれは行くところがないのだ」

と佐五郎は言った。そう言ったとき、佐五郎は不覚にも、眼がしらが熱くなるのを感じた。狼《おおかみ》のように鋭い眼で、前方を見つめながら歩いていた貝賀庄之助の姿がうかんで来る。いずれはたずね出されて、斬《き》られることになるだろう。

おとよは、顔も手も浅黒いのに、胸から腹のあたりは真白な肌をした女だった。乳房も白くて大きかった。その乳房に顔をうずめて、佐五郎は、おれは敵持ちなのだと言った。

一度口を切ってしまうと、佐五郎は残らず話さずにはいられない気持になった。先方の誤解から人を斬らざるを得なくなったことへの憤懣《ふんまん》、九年という長い年月にわたる心細さと恐怖。残して来た母親への気がかり。

無口なおとよは、佐五郎の背に腕をまわしたまま、ひと言も口をはさまずに聞いていたが、佐五郎の話が終ると、ぽつんと言った。

「それなら、家《うち》に来たらいいよ」

おとよは、四ツ（午後十時）ちょっと前にもどって来た。店で男と寝て来たのかも知れなかった。おとよは、暮らしの金が足りないとみれば、黙って客と寝て来る女である。

「病人、どうだった？」

着換えながら、おとよが聞いた。

「やつもあと二、三日の命らしい。おれにも運がむいて来た」

と佐五郎は言った。そして信夫屋の店の様子や、甘酒屋の亭主の話をした。ずっとそのことを考えていたので、興奮してしゃべった。おとよは黙って聞いていたが、やがて襷《たすき》をして寝部屋から出て来ると、飯を喰ったかと言った。

「いや、喰っていない」

「じゃ、お茶漬けでも喰おうか。あたいも小腹が空《す》いた」

おとよは大柄な身体を、甲斐《かい》がいしく台所に運んで消えた。

八十助は、旅の荷物とは別に、唐草模様の風呂敷《ふろしき》に包んだ四角い荷を背負っている。方一尺に足りないその箱の中に、病死した貝賀庄之助の骨壺《こつつぼ》がおさまっていることは、佐五郎にはわかっている。

信夫屋の店の前に、十二、三人もの人が出ている。ひときわ背が高い男が店の主人で、あとは家の者、奉公人らしかった。八十助が、何度も人びとに頭をさげ、やがて名残り惜しそうに店先から立ち去るのを、佐五郎は甘酒屋の軒下から見送った。

八十助の姿は、小伝馬町の方角に遠ざかり、やがて人ごみにまぎれて見えなくなった。これから日本橋に出、いま出て行ったからには、今夜は品川泊りで、明日東海道を上るのだろう。

――堀田甚六に会ったのが、運のつきはじめだった。

甘酒屋の軒を離れて、人ごみにもどりながら、佐五郎はそう思った。

いや、おとよに会ったころから、そもそも運が向いて来たというべきだろう、と思い直した。おとよは俗に寺裏と呼ばれる冬木町に住んでいたが、そのあたりはまったく人目から遠い裏町だった。

おとよが手を回してくれたからでもあろうが、おとよの家にころがりこんだ佐五郎を、見咎めて詮議《せんぎ》だてするような人間は、そのあたりには一人もいなかった。家はどぶ川のそばに建つ裏店の一軒で、夜も昼もかすかなどぶの匂《にお》いが鼻をつき、そのどぶ川越しに、五つも六つも並んで建っている寺の屋根と、塀が見えた。裏塀は、ところどころ穴があいたり、そこからからす瓜《うり》の蔓《つる》がのび出たりして、荒れた風景に見えたが、日暮れどき、裏店の木戸を出てそのあたりを眺めているとき、佐五郎は国を出奔してからはじめてと言ってよいほどの、安らぎを感じたのである。

おとよは、様子が知れるまで、外に出ない方がいいと言い、佐五郎はその言葉に従った。おとよは佐五郎より二つ年上だった。年上のおとよの好意に甘えた気味もあったが、長い放浪に疲れてもいた。佐五郎は三十二になっていた。もう若くはなかった。二年は穴に籠《こも》るように、おとよの家の中にごろごろして日を過ごした。

外に出るようになったのは、今年になってからである。喰わせてもらって、男と女がすることしか用がない暮らしに倦《あ》いていた。おとよの留守を窺《うかが》って、佐五郎は時どき町に出るようになった。むろん用心を怠らなかった。

にもかかわらず、仲町の路上である日ばったりと、もとの同僚堀田甚六に会い、しかも甚六は、ひと眼で佐五郎と見破ったのである。

佐五郎は顫え上がった。だが甚六は佐五郎に好意的だった。国元では、事件のあと佐五郎と助左衛門の妻女のことは、根も葉もない冤罪《えんざい》だったという噂が出、それがもとで助左衛門と斬り合うことになった佐五郎に、同情する声が起こったという。

郁は貝賀家から離縁されて実家にもどり、介添えの真木弥市兵衛は、旅の途中病を得て帰国し、去年死んだ。甚六はそう言い、奇妙な微笑をうかべて、こう言った。

「貝賀庄之助と若党の八十助が、いまどこにいるか知っておるか」

「わしが知るわけはない」

「庄之助は重病でな。亀井町の信夫屋で寝こんでから、もう二月《ふたつき》にもなる。貴公に運が向いて来たかも知れないぞ」

「……」

「知っているだろうが、貝賀の家には、庄之助のほかに仇討《あだう》ちを願い出る者はおらん。

一たん家禄《かろく》を召し上げられておるから、養子も出来ん」

帰参はかなわぬまでもうまく行けば敵持ちの身から浮かび上がることは出来る。それまでせいぜい用心することだな、そう言って甚六は別れて行った。

そのときの甚六の言葉が、いまは現実のものになったのだ。人ごみにまじって歩きながら、佐五郎は足が踊るような気がした。喉《のど》の奥から、喜悦の叫びが飛び出しそうになる。

――飛べ、佐五郎。

もう貴様を敵とつけ狙《ねら》うやつはおらん。佐五郎は胸の中で、自分にむかって呼びかけた。佐五郎は、ひとりでにゆるんで来る顔をひきしめひきしめ、宙を踏むような足どりで冬木町の裏店《うらだな》にむかっていそいだ。

――さて、何をしようか。

とりあえず、武家にもどる。剣は物にならなかったが、漢籍と書にはいささか自信がある。どこかでひっそりと寺子屋でもひらき、嫁をむかえる。嫁は若いのがいい。どう生きようが、何をしようが、おのが自由なのだと思うと、佐五郎はおくればせながら、もう一度若いころが立ちもどって来たような血の昂《たかぶ》りを感じた。

淫売《いんばい》の男妾《おとこめかけ》といった格好の、いまの暮らしとはおさらばだ。おれもうんざりしたが、おとよだって迷惑だったろう。ずいぶんあたりに気も遣ったはずだ。おとよは心のあたたかい女だ。しかしおとよを嫁には出来ん。嫁にする女は、若くてせいぜい二十二、三どまりがいい。

途中で酒屋に立ち寄って、佐五郎は徳利《とつくり》に一升の酒を買った。

「貝賀は、骨になって国にもどった」

佐五郎は、寝部屋で着換えているおとよに、大きな声で話しかけた。おとよが帰る前から飲みはじめて、かなり酔っていた。

おとよはまた遅く帰った。客と寝て来たことはわかるが、もうそれも気にならない。ここは明日にでも出て行く家だ。

「庄之助には気の毒だが、もともとはあらぬ疑いからはじまったことだ。そのために、わしは十二年もの間、迷惑をこうむった」

あらぬ疑い？　はたしてそうだったかな、とちらと思った。酔ったために、かえって十二年前の寺の門前の出来事が、くっきりと心にうかび上がって来たようでもある。白足袋につつまれた貝賀助左衛門の妻郁の、ほっそりした指の感触がよみがえって来た。

助左衛門の不意の逆上には、理由があったのだ。助左衛門は、詰問《きつもん》する前に、多分そのときの男女の胸のときめきを見抜いていたに違いない。

「こちらに来て、飲まぬか」

うかび上がって来たやましい記憶を押し伏せながら、佐五郎はおとよに呼びかけた。ふだん着に着換えたおとよが、茶の間に出て来て、火鉢の向う側に坐《すわ》った。

「そなたには、世話になった。忘れぬ」

盃《さかずき》をさしながら、佐五郎は言った。すっかり武家言葉にもどっていた。

「しかし、これ以上迷惑はかけられん。わしは間もなく、この家を出る」

「いつ？」

盃を置いて、おとよが言った。いつもの、表情の鈍い顔だった。

「さて、明日というわけにもいかんが、つてをたどって仕事をさがす」

「どこへ？」

「それはわからん。まさか、国にも帰れんだろうが……」

佐五郎は両腕をのばして、あくびをした。

「やっと思いのままに出来る日が来た。いささか若返った気もするぞ。人なみに暮らして、そのうちに若い嫁でももらうかな、ハハ」

おとよの眼が光ったようだった。だがおとよは何も言わず、盃を傾けてひと息に酒を飲み干した。

鋭い痛みに驚いて、佐五郎は飛び起きようとした。だが身体《からだ》は何かにおさえつけられたように重く、頭も起こせなかった。

――これは、何だ？

と思ったとき、今度は胸に耐えがたい痛みが走った。ぼんやりした白い光が部屋を染めている。夜が明けるところらしかった。

すぐそばにおとよが坐っていた。黒っぽい影のように見えたが、おとよは昨夜のふだん着のままらしかった。寝ないで、そのままそばに坐っていたようにも見える。そう思ったとき、影のようなおとよが、刃物をふりかざすのが見えた。

「勝手なことを言って、なにさ」

と、影が口をきいた。

「あたしを捨てて、どこへ行こうてのさ。この恩知らず」

おとよが悪い冗談を言っておる、と佐五郎は思った。だがそう思ったとき、眼が叩《たた》かれたように暗黒を見た。

山桜

花ぐもりというのだろう。薄い雲の上にぼんやりと日が透けて見えながら、空は一面にくもっていた。ただ空気はあたたかい。もうこの間のように、つめたい北風が吹くことはないだろう、と野江は思った。

墓参りをすませて寺の門を出たとき、野江はふと、左手に見える野道を歩いて帰ろうかと思った。細い野道は、曲りくねって丘の下を通り、その先は丘の陰に消えている。はじめての道だが、歩いて行けばいずれ町はずれに出るだろうと思った。

丘の斜面から一カ所、道に覆《おお》いかぶさるように花がしだれているのが見える。薄い紅《べに》いろをふくんだ花は、ひょっとしたら桜かと思われたが、桜が咲くにはまだ早い気もした。野江は、今年の桜をまだ見ていない。あるいは紅梅の残りかも知れなかった。

薄日のあたたかさと、遠くに見える花に誘われるように、野江は丘沿いにのびる道に降りて行った。いそいでもどることはない。もどれば、母は婚家に気を遣って、はやく去《い》ねとせき立てるだろう。母は娘が婚家と肌が合わずに暮らしていることをわかっていて、しじゅうそのことを気にやんでいる。

野江はかすかに眉《まゆ》をひそめた。自分が暗い顔をしているのがわかる。野江は五年前の十八のとき、津田という家に嫁入ったが、二年目に夫に死なれ、子も出来なかったので実家にもどされた。

いまの磯村の家に再嫁《さいか》したのは、一年ほど前である。だが、その再婚が失敗だったことは、骨身にしみてわかっている。磯村の家風とも、夫の庄左衛門とも溶けあえなかった。むろん嫁の身である。野江は必死になって溶け合おうとつとめたのだが、そうすればするほど、自分の立場がみじめになることに気づかされるだけだった。

勘定方に勤めるれっきとした家中《かちゅう》なのに、磯村の家は、一家挙げて蓄財に狂奔している。ような家だった。城下の商人を相手にひそかに金を貸し、夜になると舅《しゅうと》夫婦が額をあつめてそろばんをはじく。そういうことは、嫁入って来てはじめてわかったことだった。

ある夜は、借金の言いわけに来た男を、舅がすさまじい剣幕でおどしているのを見た。その舅は脂《あぶら》ぎった大男で、市中に妾《めかけ》を囲っていた。はやく隠居して、家督を庄左衛門に譲ったのは、蓄財に専念するためだったかと疑われるほどだった。

あさましい話だったが、家中に金貸しをしている家があることは、ほかにも話に聞いたことがある。そういう家に嫁して来たのが不運だったと、あきらめるほかはなかった。

がまんならないのは、磯村の家の者に、野江を出戻りの嫁と軽んじている気配がみえることだった。彼らは、時どき不用意にその気配を表に出して来る。

心外だった。出戻りの身分は十分承知のうえで、そのひけ目の分まで婚家につくすつもりで来たのである。だがもらってくれと頼んだわけではない。のぞまれて嫁入ったのである。だが磯村の家に、どこか冷たく自分をへだてる空気があるのを、野江は感じとらずにいられなかった。

野江の父は百二十石を頂いて、郡奉行《こおり》を勤めている。家禄《かろく》六十五石の磯村家からみると、上士の部類に入る。磯村の家で欲しがったのは、自分ではなく実家との縁組みではなかったかと、野江は思うようになった。

「そのようなことを考えるものではありません」

実家の母にそう言うと、母は少し暗い顔になりながら、たしなめた。

「辛抱なされ。ここがわが家と思って、ご両親、旦那《だんな》さまにおつかえしているうちに、出戻りの何のということは、双方が自然に忘れて行くことです」

そう言う母は、前に野江が、磯村の家は金貸しをしていると訴えたときにも、やはり暗い顔をしたのだが、それよりも再婚した娘が、またしても離縁などということになりはしないかと、ひたすらにそのことを恐れているのだった。

だが、母の心配にもかかわらず、野江は、自分はいずれは磯村の家を出ることになるのではないか、と思いはじめていた。

三月ほど前から、野江は夫の庄左衛門と同衾《どうきん》することを拒んでいる。ある夜の床の中で夫が出戻りの過去を貶《おとし》めるような言葉を洩《も》らしたのがきっかけだった。いまも野江は、夫と同じ部屋にやすむ時刻になると、身体《からだ》が嫌悪感《けんおかん》に総毛立つのを感じる。

破局が見えていた。だが磯村の家を出たら、さっき墓参りをして来た叔母のようになるのだろうか、と野江は思う。叔母は行かず後家のまま死んだ女である。死んでもしあわせ薄そうな、小さな墓だった。

物思いにふけりながら、野江はゆっくり歩いて行った。道は、田仕事の百姓が使うだけのものらしく、雑木の斜面と、丘のすぐ下まで耕してある水田にはさまれて、ところどころ途切れるほどに細くなったり、また道らしくひろがったりしながらつづいている。

丘が内側に切れこんで、浅い谷間のようになっている場所に出た。谷間の奥には、まだ汚れた雪がへばりついていて、そこからにじみ出た水が道を横切って田に落ちこんでいた。ぬかるみを渡りそこねて、野江は少し足袋を汚した。

だが、人影もなく静かな道だった。枝の先が紅《あか》くふくらんでいる雑木の奥から、小鳥の声が洩れて来る。

――おや。

やっぱり桜だった、と野江は眼をみはった。道から丘の斜面に、六尺ほど上がったところに太い桜の木が生えている。地形のためにそうなったのだろうが、木は少し傾いて、傘のように道の上に枝をひろげていた。花弁のうすい山桜だったが、その下に立つと、薄紅いろの花が一面に頭上を覆って、別世界に入ったようだった。花はようやく三分咲きほどで、まだつぼみのほうが多かった。

やはりこの道を来てよかった、と野江は思った。

清楚《せいそ》な花も、これだけ折り重なって咲いていると豪華な趣きがある。花はかすかに芳香をはなっていた。

見上げているうちに、野江はひと枝欲しくなった。折り取って帰り、壺《つぼ》に活《い》けたらさぞ美しかろう。主のある花ではないから、ほんのひと枝持ち帰るぐらいなら、許してもらえるのではないか。

そう思いながら、頭上の枝に手をのばした。ところが、遠くから眺めたときは地上にとどくかと思われたほどの枝が、いざその気になって手をさしのべると意外に高い位置にあった。わずかに手がとどかない。

野江は、下駄のまま爪先《つまさき》立ったがとどかなかった。場所を変え、低い枝を目がけて、また爪先立ってみる。

そうして花に心をうばわれている間に、野江は、今朝一日のひまをもらって婚家を出たとき、このまま帰らなくて済んだら、と思ったほど、胸に痼《しこ》っている煩《わずら》いを忘れていた。指先にふれた枝があった。だがわずかにつかめない。野江はよろめいて、もう少しで下駄の緒を切りそうになった。そのとき、不意に男の声がした。

「手折って進ぜよう」

その声があまり突然だったので、野江は思わず軽い恐怖の声を立てた。

男はそんな野江の様子にはかまわずに、無造作に頭上の枝をつかんだ。二十七、八の長身の武士である。いつの間にか、丘の陰から出て来たらしかった。

「このあたりで、よろしいか」

武士は振りむいてそう言い、野江がうなずくのを見てからぴしりと枝を折った。

渡された花を胸に抱いたとき、野江はようやく驚きからさめて礼を言った。そしてかわりに顔に血がのぼるのを感じた。あられもない恰好《かっこう》で、枝に手をのばしたところを見られた、と思ったのである。

赤くなった野江の顔を、男は微笑をふくんだ眼でじっと見た。

「浦井の野江どのですな。いや、失礼。いまは磯村の家のひとであった」

「……」

「多分お忘れだろうが、手塚でござる。手塚弥一郎」

あっと野江は、眼をみはった。


夫が病死して家にもどされたあと、一年ほど経《た》つと野江にぽつりぽつりと再婚話が持ちこまれるようになった。

本人はあまり気がすすまなかったが、両親は持ちこまれる話を有難がって、熱心に吟味した。親たちは、突然に寡婦《かふ》になった娘をあわれみ、また先行きを案じてもいて、ひとつでも齢《とし》が若いうちにもらってくれる家があればと思うらしかった。気に入った縁談が持ちこまれると、野江を呼んで相談をかけた。

手塚弥一郎は、その縁談に出て来た一人だったのである。近習組に勤め、年は二十五。母と二人暮らしで、ほかに係累《けいるい》のわずらいはない。

「去水流という、めずらしい剣を遣っての。大変な腕前だと聞いた」

佐伯という、遠い親戚《しんせき》の者が持って来たその話を、父親は気に入っているらしく、めずらしく気乗りした口調でそう言ったが、野江は気がすすまなかった。

死んだ夫、津田和之助の友だちに、戸村という男がいて、一刀流の道場の高弟だったが、物言いが粗暴で、酒癖が悪かった。会ったことはないが、剣の名手だと聞いたとき、野江は何となく、手塚が粗暴な男のような気がしたのである。

だが、手塚弥一郎との縁談は、野江が尻《しり》ごみする様子を見て勘違いした母親が、母一人、子一人という家の嫁は苦労が多ございますよ、と言い出したので、そのまま流れた。両親は、夫を失ってまだ年月経ていない娘に、はやばやと再婚をすすめるのを、気持のどこかではばかっているようにも見えた。無理強いはしなかった。

野江は、手塚弥一郎の名を、そのころいくつか持ちこまれて流れた再婚話の男たちと一緒に、忘れた。

——このお方が……。

と思いながら、野江は男を見つめた。手塚弥一郎には、粗暴な感じなど、まったくなかった。長身で幅広い肩を持っていたが、頬は痩《や》せて、眼は男にしてはやさしすぎるほど、おだやかな光をたたえている。

「思い出していただけたようですな」

野江は口ごもり、詫《わ》びるように言った。

「あの節は……」

「失礼申し上げました」

「かような場所でお目にかかるとは思わなんだ。いや、相変らずおうつくしい」

弥一郎は、闊達《かったつ》に笑うと、や、おひきとめしたと言って背をむけた。野江が歩いて来た道を、逆に寺の方に行くらしい。

茫然《ぼうぜん》とその背を見送っていると、数歩行ったところで、弥一郎が野江を振りむいた。野江を凝視した眼が、鋭いものに思われた。

「いまは、おしあわせでござろうな？」

「はい」

「さようか。案じておったが、それは重畳」

弥一郎はもう一度微笑を見せ、軽く手をあげると背をむけた。今度は大股《おおまた》に遠ざかって行った。

実家にもどると、野江は妹の勢津に壺を出させ、父の書斎に桜を活けた。父の七左衛門は、いま領内の村を巡回していて、二、三日しないと家に戻らない。花は、七左衛門が帰宅するころには、もっとひらいているはずだった。

「おや、きれいな桜」

書斎に入って来た母がそう言った。母は、野江が戻って来たとき、女中と一緒に台所に入っていたのだが、勢津に聞いて、花を活けている野江を見に来たらしかった。

「きれいでしょ？」

注意深く鋏《はさみ》を使って枝をととのえながら、野江は言った。胸の中に、まだ動悸《どうき》を高めるものが隠れている。

手塚弥一郎に会ったと言ったら、母は驚くだろうか。あのひとがこの花を手折ってくれたと言ったら、母はどんな顔をするだろう。そのことを口にしたい衝動が胸の中に動くのを感じながら、野江は言った。

「手塚さまのことを、お母さまはおぼえておいでですか？」

「手塚さま？」

「手塚弥一郎さま」

その名を口にするのが、野江は楽しかった。

「ほら、磯村に参る前に、お話があった方ですよ」

「ああ、佐伯のかなさまが持って来られたお話ね」

母はうなずいたが、不審そうな顔をした。

「その手塚さまがどうしました？」

「あのお方、その後よい連れ合いをもとめられましたかしら」

「何を言い出すやら」

母は、その枝、お切りなさい、その方がすっきりしますと言った。

「そんなよそさまのことより、ご自分のことを心配なさい。そう言えば、つい先にかなさまとお会いしたとき、その話が出ましたよ。手塚のお家では、まだ嫁をもらっていないそうです」

「……」

野江は黙って鋏を使ったが、胸の奥で、何かが鋭くはじけたような気がした。息をしずめてから聞いた。

「どうしてかしら？」

「そこまでは知りませんよ。でも、やはり母一人、子一人というお家ですからね。あなたのことも、大変残念がっておられたそうだけど」

野江の胸の中で、何かがまた小さくはじけた。

「佐伯の小母《おば》さまは、どうしてあの話を持って来られたのかしら？」

「手塚の家から頼まれたそうです。それがおかしい……」

母は口もとを手で覆って、くすくす笑った。母は、今朝家にもどったときは、ろくに口もきかなかった娘が、機嫌をなおして花など活けているのを見て、いくらか安堵《あんど》したらしかった。

「津田の家に嫁入る前に、あなた笄町《こうがい》まで、茶の湯を習いに通ったでしょう。白石の伊代さんなどと一緒に」

「ええ」

「その通り道の河岸に、大工小屋のようなものがあったのを、おぼえてますか?」

野江は鋏を置いて、手を膝《ひざ》にもどした。おぼろな光景が、脳裏にうかんで来た。五間川の広い河岸の奥、材木などを積んであるそのむこうに、たしかに大工小屋のようなものがあった。細長く古びた建物は、いまにも川に落ちこみそうに、あぶなっかしく建っていたのである。

そこから、行きも帰りも、鶏がときをつくるような声が聞こえて来るのを、野江は友だちと一緒に、いくぶんかの恐れを抱いて、横目に見ながら通りすぎたのだ。材木が積んである河岸は、雨の日など人気《ひとけ》もなく仄暗《ほのぐら》く、さびしげな場所だった。

「いまはどこぞかに引越したそうですが、その小屋が、手塚の弥一郎という方が通っていらした道場だったそうです。若いひとたちですから、あなた方が通ると、破れ窓からのぞいて、あれがどこそこの娘などと品定めしていらしたという話で、弥一郎というひとは、そのころからあなたをご存じだったそうですよ」

——そんなに以前から……。

と野江は思った。茶の湯を習ったのは、十七のときだ。活けた桜の花のむこうに、手塚弥一郎の笑顔がうかんでいるのを感じながら、野江は自分が長い間、間違った道を歩いてきたような気がしていた。だがむろん、引き返すには遅すぎる。

「さあ、そろそろもどらないと」

母はようやく、自分がその部屋に来た用事を思い出したようだった。かげって来た障子のいろに、気づかわしげな眼をはわせながら、せき立てる口調になった。

「おそくなると、磯村で心配しますよ」

出入りの肴《さかな》屋にとどけさせたという、いかの塩辛と藁《わら》づとにした干鱈《ひだら》をみやげに、野江は実家を出た。

薄ぐもりのまま日が落ちたらしく、町は水底のような青白い光に包まれて、夜を迎えようとしていた。行き交う人びとは、回游《かいゆう》する魚のように、無言でいそぎ足に通りすぎて行く。

野江は、今朝実家にもどって来るときとは、うってかわった軽い足どりで歩いていた。状況は何ひとつ変ったわけではないが、空虚だった胸の中に、ずしりと重く、触れればあたたかいものが息づいているのを感じる。

——あの方が……。

私のことを気づかってくれていたなどとは、夢にも思わなかった、と野江は思う。だがいまは、遠くからじっとこちらにそそがれている眼を感じる。その眼にはげまされるように、野江はいそぎ足に歩いた。

——磯村と、もう一度やり直してみよう。

不思議にも、野江はそう思っているのだった。磯村との間は、先が見えたと思い、野江はひどく投げやりな気分で過ごしていたのだが、その気持に変化が起きた。また離縁されるなどということを、あの方は喜ばないだろう。そんなことになったら、今度こそあの方に愛想をつかされるかも知れない、と野江は思っていた。たとえまだひとり身でいるとしても、それだから手塚弥一郎が二度も離縁になった女を引き取ってくれるだろうと考えるほど、野江は軽はずみではなかった。

手塚弥一郎が、ひそかに自分を気づかってくれていたと知っただけで十分だった。その喜びは、弥一郎とかわしたわずかな言葉を思い出すたびに、ひそかに野江の胸をふるわせる。今日の出合いが、しばらくは自分をはげましてくれるだろう。

——でも、かわいそうなひと。

野江は、ふと足をとめて、自分にむかってつぶやいた。そこは五間川の河岸の町だった。灯をともした商家が二、三軒見えるだけで、人通りも少なく、川はもう暗くなっていた。

しあわせか、と鋭く問いかけて来た弥一郎の顔がうかんで来た。そのひとに、しあわせだと答えるしかなかった自分があわれだった。

もっとべつの道があったのに、こうして戻ることの出来ない道を歩いている。自分をあわれむ気持が、野江の胸にあふれて来た。野江はうるんで来た眼がしらを押えると、気を取り直してまたいそぎ足になった。

手塚弥一郎が、城中で諏訪《すわ》平右衛門を刺殺したのは、その年の暮であった。

諏訪は名門の組頭で、五百石の高禄《こうろく》をいただき、いずれは中老、家老にすすんで執政に加わる人物とみなされていた。だがそう言われてから十年余を経ても、諏訪がまだ組頭の職にとどまったままでいるのは、諏訪の性格が傲岸《ごうがん》だったせいばかりではない。

諏訪平右衛門は、家督をついだころから、領内の富農と結んで、しきりに藩の農政に口をはさんだ。諏訪の口出しはあからさまで、その言い分をきけば、富農を利し、小農からしぼり上げる結果になることは誰の目にも見えたが、諏訪は人の思惑など意に介さなかった。郡代を脅迫し、夜分、家老の家に乗りこんで、自分の言い分を通した。

執政たちは一様に諏訪を毛嫌いしていたが、諏訪は、藩祖と戦場の苦労を分け合い、のちに名家老と呼ばれた人物の裔《すえ》である。無下な扱いは出来なかった。二年ほど前、郡代の助川八兵衛が、城中で諏訪と半日も、大声をあげて激論したあと、突如として職を投げ出すという事件があったほかは、執政たちは大方は諏訪をたちの悪い腫物《はれもの》のように扱っていた。執政たちに出来ることは、せめて諏訪を執政の席からしめ出すことぐらいだった。

だが諏訪は、近年は執政にのぼることなどとうにあきらめて、一味の富農がささげる賄賂《わいろ》で、屋敷を新築し、新しく別宅を設けて妾《めかけ》をおき、豪奢《ごうしゃ》な暮らしをしていると いう噂《うわさ》だった。

しかし、長年にわたる諏訪の農政への干渉は、領内に少しずつ疲弊をもたらしていた。前年、加治郡の下佐田、八波、増子三カ村の百姓が、大挙して代官所に強訴して来たのは、新田を持つ富農に有利な検見《けみ》の方式が、たび重なる訴えにもかかわらずいっこうに改まらないのに憤激したせいだと言われた。

諏訪平右衛門は、大柄なその体軀《たいく》をもじって、ひそかに藩の大デキモノと呼ばれていた。手塚弥一郎が、諏訪を斬《き》ったことを、野江はその日、城をさがって来た夫の口から聞いた。

野江は、顔から血の気がひくのを感じながら言った。

「それで、手塚というお方は、いかがなさいました？」

「同僚二人につきそわれて、自分で左内町の大目付の屋敷まで歩いて行ったそうだ」

「お腹を召されるのでしょうか？」

「むろん切腹ものだろうな。諏訪は評判の悪い人物ではあるが、なにせあの家は名門だ。たとえわけがあったとしても、斬ってしまっては無事というわけにはいくまい」

そう言ってから、庄左衛門はあざけるような笑いを顔にうかべた。

「手塚も妙な男だ。諏訪が死んで、藩の中にはほっとする者がいるかも知れんが、手塚本人は一文も得するわけではない」

「……」

「剣術が達者だそうだから、ひょっとしたらみんなに剣の腕前を見せたかったかな。

正義派というのがいてな。ときどきこういうことをやるものだが、ばからしい話だ」

野江は着替えを手つだっていたが、思わず着せかけようとした袖《そで》無し羽織を畳に投げ捨てて坐った。

この男に、手塚弥一郎の心情がわかるものかと思った。丘の麓《ふもと》で、桜の枝を折ってくれた弥一郎を思い出していた。あとで少し物足りなく思ったほど、淡泊な言葉を残して去って行った背が見える。

どうした、と言って振りむいた庄左衛門は、自分をにらみ上げている野江をみると、たちまち声をとがらせた。

「何だ、その顔は?」

「……」

「手塚の悪口を言ったのが気にいらんようだな。きさま、あの男と何かわけでもあるのか?」

「言葉を、おつつしみなさいまし」

「では何だ? その顔は。ふむ、それほどわしやこの家が気にいらんのなら、いつでも離縁してやるぞ」

「ふう叔母さまが、一度も嫁がずにしまわれたのは、何かわけがあるのですか?」

野江は、墓参りの支度をしながら、母にたずねた。

磯村の家から去り状をもらって家にもどり、あっという間に三月《みつき》ほど過ぎた。また春が来て、行かず後家で死んだ叔母の命日がおとずれている。叔母の名は房《ふさ》。父のただ一人の妹だったが、どこにも嫁がず、三十を過ぎたころ、ふと病死した。さびしげな美貌《びぼう》を持つひとで、野江や勢津にやさしかったのが、記憶に残っている。

「あの方はお身体《からだ》がお弱かったから」

日なたで、父の着物をたたんでいた母が言った。母の髪に、二筋三筋白いものがまじって日に光っている。

「もっとも嫁入り話はありました。相手は立派なお方でしたが、祝言《しゅうげん》の日取りまで決まったあとで病死なさいました。房どのは、それからお身体のぐあいがすぐれなくなったのですよ」

「まあ」と野江は言った。はじめて聞いた話だったが、その話の中には鋭く胸を打ってくるものがふくまれていた。

「どうしました? 早く行っておいでなさい」

振りむいた母が言った。そして少し疲れたような口調でつけ加えた。

「あなたも叔母さまのようにならぬよう、気をつけなければ。新之助だって、もう二、三年たてば嫁を迎えるようになりますからね」

新之助は弟である。秀才で、二年前から藩校の寄宿寮に入っているが、正月に家に帰って来たときは、野江が見上げるような大男になっていた。

寺につくと、野江はいつものように庫裡《くり》にも本堂にも回らずに、まっすぐ裏山の墓地に行った。墓地は丘の中腹にひろがり、きらめくような日を浴びていた。

線香に火を移し、家から持って来た水仙の花を手むけたあと、野江は長い間墓の前に頭を垂れた。嫁にも行かず死んだ不しあわせなひとだと思ったが、母の話を聞いたあとでは、叔母が自分より不しあわせだとは言えないかも知れないと、野江は思っていた。

叔母は少なくとも、死なれて致命的な傷手《いたで》をうけるようなひとに出会ったのだが、私はそうではない。

墓地を降りて寺の門を出ると、野江は迷わずに去年の野道に降りた。山桜がもうひらいているのは、さっき遠くから眼でたしかめてある。考えは、自然に手塚弥一郎のことに移って行った。

当然切腹の沙汰《さた》がくだるかと思われたが、弥一郎は大目付の審問のあと、代官町の獄舎に移された。弥一郎の処分については、執政の間にはげしい意見の対立があり、四月に藩主が帰国するのを待って、裁断を仰ぐことになっている。獄舎の中の待遇は悪くなく、むしろ丁重に扱われている。

そういうことを、野江は父の七左衛門から聞いていた。丁重に扱われていると言っても裁断を待つ身は、断崖《だんがい》のはしに立っているのと異らないわけだが、野江はひとまずほっとする思いだった。四月といえば、あとひと月後である。野江はそのことを考えると胸が苦しくなり、お上《かみ》の帰国が、一日でも先にのびてくれればいいと願ったりする。

──去年のいまごろは……。

手塚弥一郎のことで、こんなに胸を痛めるようになるなどとは、夢にも思わなかった。そう思いながら、野江は桜の下に立って、花を見上げた。

あたたかい日がつづいたせいか、花は五分咲きぐらいに咲きそろっていた。かすかな芳香がただよい、晴れている空を背景に、折重なる花弁がいくらか暗く見える。

「……」

ふと、あることを思いついて、野江はあわただしくあたりを見回した。丘の崖《がけ》はなの近くで、百姓が一人鍬《くわ》を使っている。野江はそこまで走って行って声をかけた。

振りむいて黙って立っている百姓に、野江はあわただしい身ぶりをまじえて頼んだ。

「あの枝を、少し折ってもらえませんか」

百姓はやはり無言で、道に上がって来た。ひげもじゃの中年男で、背丈は野江とおっつかっつだったが、男は桜の下まで来ると、ひょいと鍬をひっかけて、手ごろな枝を折りとってくれた。

丘沿いの道から町はずれに出ると、野江は眼を伏せて、いそぎ足に町の中に入った。

手塚弥一郎の家は、五間川の橋をわたって、禰宜《ねぎ》町に入ったところにあった。野江は今年の正月、こっそりと家の様子をたしかめに来ている。

その家は、三月前に見に来たときと変りなかった。ひっそりと門を閉じているが、藩の手で閉ざされている様子はなく、監視人も見あたらなかった。弥一郎の待遇は、やはり父が言ったようなものなのだろう、と野江は思った。

だが潜《くぐ》り戸を押して入ると、このあたたかい日に、家は玄関の戸を閉ざし、縁側の障子戸もしめ切っているのが、やはり異様だった。だが潜り戸があいたからには、無人ではないのだ。

玄関の戸をあけて訪《おとな》いを入れたとき、野江の胸ははげしい動悸《どうき》を打った。自分がいま、世間のしきたりを越えた、大胆なことをしていることがわかっていた。そのうえ、出て来た相手に、あなたのことは聞いたこともないと言われれば、黙って引き返すしかない。

だが出て来たひとは、そうは言わなかった。挨拶《あいさつ》より先に、野江が抱いている山桜をみて眼をほそめた。

「おや、きれいな桜ですこと」

四十半ばの、柔和な顔をした女だった。髪が半ば白いところだけ、そのひとが抱えている苦悩を物語っているようにも見えたが、花から野江に、問いかけるように移した眼はやさしかった。

「お聞きおよびではないかとも思いますが、浦井の娘で、野江と申します」

「浦井さまの、野江さん？」

女はじっと野江を見つめたが、その顔にゆっくりと微笑がうかんだ。

「あなたが、そうですか。野江さん、あなたのことは弥一郎から、しじゅう聞いておりました。弥一郎は、あなたが磯村のようなお家に嫁がれたのを、大そう怒っていましたよ。あなたに対しても、あなたのご両親に対しても……」

「……」

「でも私は、いつかあなたが、こうしてこの家を訪ねてみえるのではないかと、心待ちにしておりました。さあ、どうぞお上がりください」

挨拶より先に、その花をいただきましょう、しおれるといけませんから、と弥一郎の母は言い、野江の手から桜の枝を受け取ると、また上がってくれとすすめた。

履物を脱ぎかけて、野江は不意に式台に手をかけると土間にうずくまった。ほとばしるように、眼から涙があふれ落ちるのを感じる。とり返しのつかない回り道をしたことが、はっきりとわかっていた。ここが私の来る家だったのだ。この家が、そうだったのだ。なぜもっと早く気づかなかったのだろう。

野江さん、どうぞこちらへ、と奥で弥一郎の母が言っていた。

「あのことがあってから、たずねて来るひとが一人もいなくなりました。さびしゅうございました。ひとがたずねて来たのは、野江さん、あなたがはじめてですよ」

盗み喰い

深酔いした助次郎は、歩きながらなかば眠っている。政太は、しなだれかかって来る身体《からだ》の重さにうんざりした。

「おい、眼をさませよ」

邪険に肩をゆすると、助次郎は足をとめた。政太の首に巻きついた手をはずすと、一歩身体をはなして政太をのぞきこんだ。

「おめえ誰だい？」

と言った。暗い路地のなかで、助次郎の身体はふらふらと揺れて、今度は強い力で政太の肩をつかんだ。

「ここはどこだい？」

「しょうがねえな、まったく」

政太は舌打ちした。

「おめえの家のちかくじゃないか。やっとの思いで送って来たんだぞ、ありがたいと思え」

「なにをこの野郎」

助次郎はいきなり、拳《こぶし》をふり上げて打ちかかって来た。政太は危うくその拳を避けると、腕をつかんでねじ上げた。政太も飲んでいるが、助次郎のように正体をなくしているわけではない。

「おとなしくしろ」

ねじ上げた腕を、用心深く背の方に回しながら政太は言った。

「もう夜中だ。近所迷惑な声を張りあげるんじゃねえよ」

「ちきしょうめ！　腕をはなせ」

助次郎は前かがみに腰を折り、ねじ上げられた腕をはずそうともがいた。だが政太は手をはなさなかった。

助次郎の酒は荒れる。見さかいがなくなってそばにいる人間に喧嘩《けんか》をふっかけ、飲み屋の飯台をひっくり返して外につまみ出されたりする。そういうことでは、政太はいい加減迷惑している。めったにこの腕をはなすものかと思った。

「いいから、このまま歩け。家はすぐそこだ」

「ちきしょう」

助次郎はわめいた。あまり大きい声でわめいたためか、咳《せき》が出た。するとその咳がとまらなくなった。助次郎は癆咳《ろうがい》持ちである。二十五の若くて骨格もたくましい身体は、病に蝕《むしば》まれていた。

助次郎は腰を折って、頭を垂れたままで、苦しそうに咳《せ》いた。そして咳がおさまると、おとなしく歩き出した。たったいまつかまえた悪人を護送するといった恰好《かっこう》で、政太は腕をねじ上げたまま、うしろから歩いて行った。じきに、助次郎が住む長屋の木戸が、ぼんやりと見えて来た。

内職でもいそがしいか、まだ二軒ほど灯をともしている家があったが、ほかは寝しずまったらしく、長屋の路地はひっそりしていた。また大声を出しはしないかと、政太はひやひやしたが、助次郎は片腕を背にしょったまま、おとなしく歩いて自分の家に入った。

上がり框《かまち》に掛けさせてから、政太は家の中に入って行燈《あんどん》に灯を入れた。敷き放しの万年床や、枕《まくら》もとに投げ出してある飯椀《めしわん》などが、灯影にうかび上がって来た。飯椀には、固くなった飯つぶがこびりついている。そして部屋の中には、何ともいえない異臭が立ちこめていた。

灯のいろを見て、助次郎がごそごそと畳に這《は》い上がって来た。そして毛ば立った畳の上に、どたりと仰向《あおむ》けになると、水と言った。台所の瓶《かめ》から水を汲《く》んでやると、助次郎はむさぼるように飲み、飲みつくすと椀をほうり出して、また仰向けに寝た。荒々しく胸がせり上がったが、その喘《あえ》ぎがおさまると、眼を閉じた助次郎の顔は死人のように静かになった。頬の肉が落ち、酒を飲んだあとなのに顔色は真青だった。医者に行って薬をもらえと、親方も言い、親方のおかみも言い、政太も口が酸《す》っぱくなるほど言っているが、助次郎は一度も医者に行っていない。

畳にほうり出された椀をひろって、政太は横になっている助次郎をしばらく上から見おろした。それから夜具の枕もとに転がっている飯椀と箸《はし》も一緒に拾って、台所の流しに運んだ。そうしているうちに、さっき水を汲んだとき、水が瓶の底にほんのちょっぴり残っているだけだったのを思い出し、手桶《ておけ》をさがして外に出た。

暗い井戸から水を汲んでもどった。瓶に水を入れてまた茶の間をのぞいたが、助次郎はさっきのまま、ぴくりとも動かず寝ている。死人のように見えた。

「遅いから帰るぜ、いいな」

部屋の入口で政太は言った。行燈は寝返りを打ったぐらいではとどかない場所にある。よしんばこのまま寝込んだところで、心配はなかろう。

「今夜は何も喰わなくともいいんだから、早いとこ夜具に入りな。そのまんまで寝こむと、あとで寒くなるぜ。それから、忘れずに灯を消すこった」

「……」

「おい、聞こえてんだろ？」

するとと助次郎が眼をひらいた。顔も動かず、赤く濁った眼を政太に据えていたが、やがてしゃがれた声で言った。

「これから、おみっちゃんのところに寄るのかい？」

「このやろ、死んだふりしやがって」

と政太は言った。

「ひとの心配より、てめえの身の始末をちゃんとしろよ。やっかいかけやがってからに」

助次郎はくるりと寝返って背をむけた。寝返るきわに、牛の流し目のような気味悪い眼でじろりとこちらをみたようである。それだけではなかった。ぼそりとつぶやいた。よけいなお世話だと聞こえた。

——勝手な野郎だ。

政太は腹を立て、勢いよく戸を閉めて助次郎の家を出た。

政太の話を聞いて、おみつも腹を立てた。

「かまってやらなきゃいいのよ、そんなひと」

「まったくだ。といっても、あのまま飲み屋に置いてくるわけにもいかねえやな」

「どうして？　置いてくりゃいいじゃないか」

「そうもいかないさ。一緒に飲みに行ったんだし、知らない店じゃないからな」

「甘ったれてんだよ、あのひと」

とおみつは言った。おみつは政太と一緒のとき、二度ほど助次郎と顔を合わせている。

「甘ったれよ、あたしはひと目見てわかった」

「……」

「あんたがやさしくするもんだから、つけ上がって寄りかかって来るのよ。おお、いやだ。そういうひと、あたしはきらい」

甘ったれか、と政太は思った。そうかも知れないが、あいつにはほっておけないようなところがあるからなと政太は思っていた。

政太も助次郎も、根付師玉徳の職人だった。玉徳に徒弟奉公に入ったのは、政太の方が二年先だが、いまの腕はどちらが上とも言えない。政太のつくる物は、親方の技法を忠実に伝えていると言われる。もう十年もすれば、親方の上を行く根付師になるだろう、と言ってくれる客もいた。しかし政太は、根付師としての腕は、助次郎の方が上ではないかと、ひそかに思うことがある。

助次郎が彫る根付には、どこか玉徳が仕込んだ彫りを踏みはずしたようなところがあった。出来不出来の差が大きく、玉徳にいまだに怒られることもあるが、うまく彫れたときは、親方も舌を巻くようなものを彫った。政太はどちらかというと牙彫《げぼり》が性に合うが、助次郎は瑪瑙《めのう》を使う彫りが得意だった。真似《まね》手のない出来ばえのものを作る。

だが助次郎は身体が弱かった。子供のころに父親を亡《な》くし、玉徳に弟子入りして三年ほどして母親を亡くした。両親ともに癆咳だった、と聞いている。助次郎もいつの間にかその病気をもらったらしく、弟子入りした当時から乾いた咳をして、親方やおかみに気をもませたが、二十を過ぎたころ、仕事場でおびただしい血を吐いて倒れ、癆咳持ちなのがはっきりした。

いまもしょっちゅう仕事を休み、親方の玉徳は、助は仕事のあてにならねえと嘆く。しかし気に入った仕事にかかると、助次郎は胸に抱えている病気を忘れるらしかった。気になる乾いた咳をしながら、おそくまで居残って鑿《のみ》の手を休めようとしない。仄《ほの》ぐらい行燈の光の下で、背を曲げて鑿をふるっている助次郎の姿は、ときに幽鬼のようにみえる。

——なんたって、あいつは大した職人さ。

そういう助次郎をみながら、政太は畏怖《いふ》に似た気持を抱くことがある。仕事に出来不出来が多いのも、身体のせいだとわかっていた。それさえなければ、助次郎は名人と呼ばれたという玉徳の親方、玉秀のような根付師になる男かも知れなかった。玉秀には大名からも注文が来たという。

だが助次郎は、そこまでは行けないだろうと政太は思っている。根付彫りは根をつめる仕事である。腕もさることながら、身体が物を言う。また助次郎は、玉徳の跡つぎにはなれないだろう。跡つぎはおれだと、政太は思っていた。

親方夫婦には子供がなく、おかみの妹の子を養子にしている。だが安蔵というその甥《おい》は、仕事場に入ってはいるが、玉徳の店をつぐ器ではなかった。途中から彫りに入って来た腕は、やはり半ぱで、そのことは玉徳も安蔵自身も承知している。遠まわしな言い方で、親方は時どき店をつぐのは政太だと匂《にお》わせる。助次郎のことは、親方の胸にないらしかった。

その安堵感《あんどかん》には、いくらかうしろめたい気持がつきまとっていたが、政太が助次郎を気にかけるのは、そのせいばかりとは言えない。

三年ほど前のことだが、あるとき政太は店を休んでいる助次郎の様子を見に行ったことがある。助次郎は病気で休むだけでなく、勝手に仕事を怠けることがあった。知り合いの女を連れて、上野やはるばると王子稲荷《いなり》のあたりまで遊びに行ったりする。だらしなくて、女たちとのつき合いは派手だった。

ちょうど注文が混《こ》んでいたときだったので、休んで三日目にもなると、親方は怒り出した。だが親方のおかみは、病気で寝込んでいるかも知れないじゃないかと親方をなだめ、政太に、帰りに寄ってみておくれと言った。おかみに言われるまでもなく、政太は仕事がひと区切りついたらのぞくつもりでいたのである。

行ってみると、助次郎はうすい夜具にくるまって寝ていた。入って行くと、首をもたげて政太を見たが、見違えるほど顔が痩《や》せ、そのくせ熱があるせいか、うるんだ眼をし、頬が赤くなっていた。血を吐いたとみえて、枕もとにはまるめたぼろ切れが積んであった。半分ほど水の入った丼《どんぶり》が畳に置いてある。

政太は胸を衝《つ》かれて、しばらく茫然《ぼうぜん》と立っていたが、気を取り直して夜具のまわりを片づけ、台所に入って粥《かゆ》を煮た。助次郎は無口で病気持ちである。そして酔っぱらうと一見していかがわしい商売とわかるような女を家に連れ込んだりするので、近所にもきらわれていた。だから病気が起きて三日も寝込んでも、誰ひとり見舞うひともいなかったのだ。

粥を煮ながら、政太は胸の中に怒りが動くのを感じていた。怒りは薄情な長屋の連中にも、だらしがない助次郎にもむけられている。政太は、荒あらしい手付きで梅干をさがし、椀に盛った粥にそえて茶の間に運んだ。

「喰わねえと、死んじまうぞ。無理にも喰え」

言ったとき、政太は奇妙な物音を聞いた。顔をそむけ、声を殺して助次郎が泣いていた。

「何でえ、いくじのねえ野郎だ」

と政太は言った。だがその泣き声で、政太は玉徳に弟子入りして来たときの助次郎を思い出していた。助次郎は十三だった。青白い顔をして、ひょろりと痩せていたが、明るい気性の子供だったのだ。暗く拗《す》ねた感じに変ったのは病気になってからである。

政太はむかしの助次郎を思い出しながら、自分も少し涙ぐんだ。

「だから深酒はやめろと言ってるんだ。酒をやめろ、医者に薬をもらって養生しろと、親方だっておかみさんだって、あんなに言ってくれてるじゃないか」

粥を喰っていろ、その間に夜具を持ってくると言って、政太は外に出た。秋の末で寒い夜だったが、政太は興奮していてその寒さを感じなかった。家に入ったとき、こちらを見上げた助次郎の眼を思い出していた。頼る者を持たない捨て犬のような眼だった。

――まかせておけって。おれがついてるじゃねえか。

と思いながら、政太は夜の町を小走りにいそいだ。家から夜具をかついで来るつもりだった。行き帰りに、たっぷり半刻《はんとき》（一時間）はかかる遠い道を、あのときは少しも気にしていなかった。

「上がって行かない？」

とおみつが言った。その声で政太はわれに返った。あわてて言った。

「今夜はおそい。またにするよ」

「そうお？」

おみつは未練そうな声を出した。おみつは水茶屋で働いていて、そこで政太と知り合ったのだが、両親は丈夫で一緒に暮らしている。父親は桶職人だが、その父親もおとなしい母親も、二人が夫婦約束をかわしたことを知っていて、認めていた。

「親たちならかまわないのよ」

「いや、やっぱり帰る」

言いながら、政太が手を出すと、おみつは両手でおずおずと握りしめて来た。裏店《うらだな》の路地は暗くて、見咎《みとが》める者は誰もいなかった。

――おれはしあわせ者だ。

路地を出て、自身番の灯が見える方に歩きながら、政太はそう思った。


玉徳は箱から出した根付を、政太に渡した。材質は瑪瑙で、図柄は二羽の雀《すずめ》である。細緻《さいち》な鑿が、まさに飛び立とうとしている雀を力強く彫り上げていた。

「そいつをどう思う?」

「へい」

政太は根付を手にしたまま、怪訝《けげん》な眼で玉徳を見た。

「どう思うって、こりゃあ助次郎が彫ったものでしょう? それがどうかしましたかい」

「助の手に間違いねえな?」

「へい、そりゃもう」

「ところが、そいつはむかで屋で売られていたのだ」

政太は眼をまるくした。むかで屋は小間物屋だが、その店は玉徳とは取引がなく、根付をおさめているのは雉子《きじ》町の竹友である。政太は狐《きつね》につままれたような気がしたが、やっと親方の言っていることの重大さが呑《の》みこめて来た。

「助次郎が、親方に内緒でよそに品物をおさめたというんで？」

「いや、おれもはじめはそう疑ったさ。野郎、とんでもねえことをやりやがると思ってな。ところが聞いてみるとそうじゃねえのだ」

「……」

「むかで屋の番頭が言うには、うちでは雉子町のほかには根付は仕入れておりません、とこうだ。もっとも番頭は顔見知りだから、そろそろ玉徳さんの根付もいただきたいものです、などとお世辞を言いやがったが、そんなことはどうでもいい。何で助の彫った根付が、友蔵のおさめた品の中に入っていたかだ」

「見つけたのは、それひとつですか」

「いや、ほかに二つほど助の手のもんに違えねえというやつがあったが、もう売れたのもあるらしい」

「妙な話ですな」

「助は家に鑿を持ってるかい？」

「さあ、そいつはわかりません。しかしかりに鑿があったとしても、彫ったものを竹友さんに持ちこむなどということは、ちょっと考えられねえ」

「それじゃ、おれに内緒で雉子町で働いてるのだ」

と玉徳は言った。怒っている様子ではなく、ただ造作の大きい顔をしかめた。

そんなことがあるだろうかと政太は思った。もっとも助次郎は、よく店を休む。病気持ちだから仕方ないと玉徳の店では半ばあきらめているが、病気のふりをして、その間に竹友で仕事をするということは出来ないことはない。だが何のためだ？　と政太は思った。

「助次郎は、雉子町に鞍替《くらが》えする気ですか？」

と政太が言ったが、玉徳は答えなかった。腕組みをして、うつむいていたが、やがて顔を上げた。

「助は金に困っていたかい？」

「さあ、ずいぶん飲み回ってはいるようですが……」

「女はどうだね？　とっかえひっかえしてるそうじゃないか？」

「そりゃあ若いから、女っ気なしということはねえでしょうが、とっかえひっかえってのは大げさだ。あのとおりの病気持ちだから、一人の女と長つづきしねえだけでさ」

政太は助次郎をかばったが、それは事実だった。所帯を持とうとまで熱くなった女がいたが、その女も助次郎の病気に気づくと心変りした。

とにかく助をつかまえて、事情をただしてみな、と玉徳は言った。おかみが茶請けに出したするめがはさまったらしく、つま楊枝《ようじ》で歯をせせりながら、よしんば小遣い稼《かせ》ぎのつもりでも、ただで済まされることじゃねえ、やらせた雉子町も雉子町だと、玉徳ははじめて怒った声を出した。

翌日、政太は家を出ると助次郎の家に回った。昨夜は、寄ってみたが留守だったのである。

——今朝はつかまえなきゃ。

と政太は思いながら、朝の道をいそいだ。助次郎は昨日で五日も店を休んでいた。助次郎の休みぐせには、玉徳では馴《な》れっこになってしまって、またかと思っていたのだが、自分の店は休んでよその店の仕事をしていたということになると、親方の言葉ではないがただで済まされることではなかった。

——友蔵親方に、よっぽどの良手間で誘われたのかな。

と思った。よそで仕上がった職人をひっこ抜くということがないわけではない。たいだその場合は、それ相当の挨拶《あいさつ》がある。黙ってさらうというテはない。同業ではないか、竹友も妙な真似をすると政太は思った。親方が怒るのはもっともなことなのだ。

土間に入って家の中をのぞくと、うす暗い部屋の中に、まるくなって寝ている助次郎の姿が見えた。だが眠っていたわけではなかったらしく、振りむいて政太をみると、助次郎はあわてて起き上がった。

「どうしたい？」

政太は助次郎の前にあぐらをかいて言った。

「具合でも悪いか？」

「いや」

「そうだろうな。ゆうべも寄ったんだが、いなかった。飲み過ぎか？」

助次郎はうつむいている。無口な男で、酒でも飲まないと話せない男だった。

「今日も休むつもりか？」

「……」

「ま、それはいい。ちょっと聞きたいことがある」

竹友がむかで屋におさめた根付の中に、お前の彫ったものが入っていた。どういうわけだ、と政太は単刀直入に聞いた。

助次郎は黙ってうつむいている。無精ひげが目立つ頬が痩せている。それでいてその頬が妙に赤いのは病気のせいだった。熱が出ているのかも知れなかった。だらしなくひろげた浴衣《ゆかた》の衿《えり》の間から、高いあばら骨がのぞいている。

「雉子町に、誘われてるのか?」

「いや、違う」

助次郎は、ちらと政太の顔をみて、首を振った。

「でも品物は雉子町の仕事場で彫ったんじゃねえのかい?」

「そうだが、べつに親方に誘われちゃいない。借金があったんだ」

「借金?」

竹友の職人で宇吉という男がいる。半年ほど前から一緒に飲むようになり、何度か岡場所に誘われた。奢《おご》りかと思っていたら、お前にこれだけの貸しがあると言われて、びっくりした。宇吉に言われるままに、仕方なく根付を彫った。

「あきれた野郎だ」

と政太は言った。

「親方はてっきり雉子町が挨拶もなしにお前に手を出したと思って、怒ってるぜ」

「親方に詫《わ》びに行く」

と言って助次郎は立ち上がった。よろめくような足どりで台所に入って行った。

だが、家を出て一丁も歩かないうちに、助次郎は道ばたにしゃがみこんでしまった。顔色が真青に変り、したたるほど冷や汗をかいていた。政太が額に手をあててみると、火のような熱だった。助次郎を肩にかけて、政太は来た道をもどった。

「少しは身体《からだ》のことを考えるものだ」

台所で粥を煮ながら、政太は寝ている助次郎に話しかけた。

「お前のやってることは、めちゃくちゃじゃねえか」

「……」

「ご意見無用でやって行けりゃけっこうだよ。だが、このまんまじゃお前くたばっちまうぜ。おい、聞いてんのか？」

政太は茶の間をのぞいた。聞いてる、と助次郎が言った。助次郎は、まっすぐ身体をのばして横になったまま天井を見ていた。

「医者に診てもらって、半年なら半年、一年なら一年仕事を休めと、親方は言ってくれてるんだ。言うことをきくもんだぜ」

炊《た》き上がった粥を助次郎に喰わせ、二、三日は寝ていろ、さっきの話はおれから親方にとりなしておくと言い置いて、政太は外に出た。

政太は途中、おみつのいる水茶屋に寄った。おみつが働いているその店は、近ごろはやりの、奥で酒も出すような風儀の悪い店ではなく、昔のしきたりをそのまま守っている。政太の姿をみて、釜《かま》のそばにいるおかみが笑いかけると、背をむけているおみつの尻《しり》をつついた。おかみは、二人の仲を知っている。

「どうしたの？　いまごろ」

そばに来たおみつが、眼をまるくして言った。そんな顔をすると、十八のおみつの顔に子供っぽい表情があらわれる。器量は十人並みだが、口もとにうすく紅を刷《は》いただけの顔がういういしかった。

「なに、これから店に行くんだが、用があって助のところに寄って来た」

「あら、あのひとまた休んでるんですか？」

おみつは眉《まゆ》をひそめたが、政太はおかみに気を遣って、話はあとだ、お茶をくんなと言った。

「おめえに頼みがある」

おみつがお茶を運んで来ると、政太はそう言い、助次郎がひどく弱っていると話した。助次郎の様子をひととおり話すと、おみつは黙って聞いていたが、自業自得《じごうじとく》じゃないのさと言った。そうさ、自業自得というもんだと政太もうなずいた。二人は声をひそめて、しばらく助次郎の悪口を言った。

「頼みというのは、だ」

政太は悪口がひと区切りついたところで、顔色を改めた。

「今夜助のところに行って、飯の支度をしてやってくれないか」

「なんであたしがそんなことしなきゃいけないの？」

おみつは口をとがらせた。

「だから、そこが頼みだ、とても一人じゃほっておけないから、飯ぐらいは炊いてやらなきゃいけねえのだが、おれは今夜から仕事がいそがしくなる」

「あら、じゃ一緒に飯でも喰おうって言ったの、だめ？」

「うむ、そのことわりもあって来たのだ。大事の客から注文が入ることになっている。助にかまっているひまはない」

「ご飯炊いてやるだけでいいの？」

「それでいい。頼まれてくれるか」

「今晩だけでしょ？」

「出来れば二、三日だな。なにしろあいつの元気がいいのは飲んだときぐらいで、あとはカラ意気地《いくじ》がねえ野郎なんだから。めんどうみてやってくれ」

おみつがやって来て、あの話はなかったことにしてくれと言ったとき、政太ははじめ何のことかわからなかった。だが問いつめてみて、女が自分と別れたいと言っているのだとわかると、政太は足が顫《ふる》えた。何かとんでもないことがもち上がったのだという気がした。

「ここで立ち話もなんだ、中に入らねえか」

と政太は言った。声が顫えたのがいまいましかったが、それほど動転していた。おみつは戸口から家の中をのぞくようにしたが、政太がおふくろなら湯屋に行って当分はもどらねえから心配ないというと、うつむいたまま中に入って来た。政太は母親との二人暮らしだった。

夜の夜中にたずねて来たこと、中へ入れと言うとさほどためらいもせずに上がって来たことが、いよいよ政太の気持をおびえさせた。おみつが別れ話に決着をつけるつもりで来たらしいことを感じたのである。

それでも政太は、おみつを上にあげて向かい合うと、無理に笑顔をつくった。

「やぶから棒で、話がさっぱり腑《ふ》に落ちねえが、別れたいわけを聞かせてもらおうじゃないか」

「……」

「一たんは夫婦約束をした仲だぜ。急に話はなしだと言われても、おれは納得出来ねえよ」

「……」

「ともかく、わけを話してみなって。ことと次第によっては、きれいに別れてやらねえでもない。おれも男だからな」

「別れて、助次郎さんの面倒をみてやりたいんです」

「助だって？」

政太はあっけにとられて、おみつの顔を見た。滑稽《こっけい》なことを聞いた気がした。

「助がどうかしたかい？」

「かわいそうで、見ていられないんです。だから……」

政太は笑い出した。ひと月ほど前に、おみつに助次郎の家に飯炊きに行ってくれと頼んだことはある。だが政太はそのあとひどくいそがしくなって、おみつにそう頼んだことも、助次郎のことも忘れていたのだ。

政太が留守の間に助次郎が来て、しばらく仕事を休んで養生したいと言ったと親方に聞いたせいもある。

「まさか、おまえ……」

政太はひいひい言って笑った。こんな滑稽な話を聞いたのはひさしぶりだった。あんまり笑って目尻に涙がうかんだのをぬぐいながら、政太は言った。

「まさか、あれからずっと助次郎の面倒を見てたってわけじゃあるまいな」

おみつは、まったくかわいい女だ。だが、そいつはちと、行き過ぎてえもんだ。そう思いながら、政太は行儀よく膝《ひざ》の上にかさねているおみつの小さな手に手をのばしたが、さりげなくはずされた。

だが政太は、まだ笑顔のまま言った。

「おれは、たしか二、三日って頼んだはずだぜ」

「……」

「それなのに、おめえときたら……」

言いかけて政太はおみつの顔を見た。おみつの顔はちっとも笑っていなかった。つめたい眼が政太をみている。政太が口をつぐむと、今度はおみつが口をひらいた。

「二、三日で病気がなおるとでも思ったんですか」

「そいつは、おめえ……」

「あたしはご飯を炊いてやりました。部屋の掃除もしてやりました。洗い物もしてやりました。そうしてくれるひとがいなきゃ、あのひとの病気はなおらない……」

「うるせえ、聞きたかねえ」

と政太はどなった。笑いがひっこんで、かわりに怒気が胸いっぱいにふくらんで来ていた。そうか、そういうわけか。

「そうか。そうして世話を焼いている間に、あの癆咳《ろうがい》持ちに情が移ったってわけか。ふん、けっこうなことじゃないか」

「あのひとは、自分で政太さんに話しに来ると言ってました。でも、あたしからわけを話すからと言って来たんです」

あのひとという言い方が、ぐさりと政太の胸に刺さって来た。政太は茫然《ぼうぜん》とした。どうやらあの癆咳病みは、政太もまだ手もつけていなかった果実を、早速盗み喰いしてしまったらしい。

そう思ってみると、おみつの顔や身ごなしに、前にはなかったあるかがやきと、落ちつきのようなものが窺《うかが》えるのを、政太は茫然と見まもった。

「わかった」

沈痛な声で言った。

「どうやら、おれがどうこう言ったところではじまらねえようだな」

「すみませんでした、政太さん」

「いいよ、気持がはなれたものはしようがねえやな。だがいまに後悔するだろうぜ。世の中、そんな甘いもんじゃねえや」

「でもあのひと、あたしが行ったとき、なんか苦しまずに死ぬ法はないか、と考えてたんですって。かわいそうじゃないの」

「死にたいやつは、人に迷惑をかけずに死にゃあいいんだ」

かっとなって政太はどなったが、おみつは軽く頭をさげると、黙って立ち上がった。政太が送って出ると、おみつが振りむいて言った。

「あのひと、必ず病気をなおすって、昨日お医者に行って来たんです」

政太が黙っていると、おみつはもう一度軽く頭をさげ、背をむけて木戸の方に歩いて行った。姿はすぐに外の闇《やみ》にのまれた。

もう一度、怒りが政太の胸にもどって来た。今度の怒りには、こげくさい匂《にお》いがする嫉妬《しっと》がまじっていた。追いかけて行っておみつを殴りつけ、もうひとっ走り助次郎の家まで走って助次郎の首をしめ上げてやりたいような、兇暴《きょうぼう》な怒りが胸を顫わせた。

だがそんなことをしても、何にもならないことがわかっていた。

――やられた、やられた。

暗い路地につっ立ったまま、政太はにがい笑いをうかべた。

だがそうしているうちに、怒りはだんだんに鎮《しず》まって、なんでこういう奇妙な結末になったかが、うっすらと見えて来るような気もした。

あんなに親身に心配してやったのに恩知らずめ！　と思ったが、おれはほんとうに親身で助次郎を心配したことがあっただろうかと、政太は次第に心もとない気分に追いこまれていた。腕では一目おく弟弟子《おとうとでし》が身体《からだ》が弱いことを、おれは心のどこかで喜んではいなかったか。

助次郎に示した親切は、つまるところそういう心のやましさをごまかすだけのことだったのではないか。おみつを手伝いにやったときだって、どこかに自分のしあわせを誇る気持がなかったとは言えない、政太は自分を責めはじめていた。

おれは親身な心配などしてやらなかった。親方にしても、雉子町の一件で怒ったほどには、助次郎の不養生を本気に怒ったことはなかった。おみつだけが、心から助次郎の身体を思いやった。そして助次郎にもそのことがわかったのだ。

「どうしたんだい。いまごろ外につっ立って」

小桶《こおけ》を抱えた母親が立っていた。ちょっと一杯やって来ると言って政太は木戸にむかって歩き出した。浴びるほど酒でも飲まなきゃやり切れない気持になっていた。

滴《したた》る汗

三ノ丸に入る木戸は、橋の手前の袂《たもと》にある。そこで森田屋宇兵衛は、木戸番士に城内出入りの鑑札を出すように言われた。

めったにないことである。めったにないどころか、亡父の跡をついで城内に出入りするようになってからはじめてのことだった。しかし宇兵衛はいつも用意よく焼き判を捺《お》した鑑札を持っていたので、番士に改めてもらい、橋を渡った。

橋の下は川である。春は近づいていたが、冬はまだ明けていなかった。川水を照らしている日射《ひざ》しは淡く、橋の下を吹き抜ける風に川波がそそけ立つように皺《しわ》をきざむのが見えた。川は南から北へさらに西へと、城を半ば包みこむようにして流れ、そのあと向きをもう一度北に変えて市中を通り抜け、野に出る。石垣のそばの淀《よど》みに、数羽の水鳥がいて、時どき思い出したように水を弾ねている。鴨《かも》だった。

会所は橋を渡るとすぐ左手に、郡代役所と並んで建っている。広いが古びて少し陰気な建物である。

宇兵衛は中に入って顔馴染《なじ》みの賄方《まかないかた》の役人に会い、春になって納める什器《じゅうき》の打ち合わせをした。宇兵衛の店は荒物屋で、瀬戸物から藁《わら》細工、革細工、紙、筆、墨と何でも商っているが、もとの商売は瀬戸物屋で、城中には瀬戸物を納めている。納める品物、数量は、正月明けの商談で決まっていたが、納期が迫ったので改めて増減を確かめに来たのである。

打ち合わせは半刻《はんとき》（一時間）足らずで終った。宇兵衛は礼を言って立ち上がった。立ち上がるきわに、相手の膝《ひざ》の下に、すばやく小判二枚を包んだ紙包みをすべり込ませるのを忘れなかった。三十半ばの賄役人は、機嫌のいい顔で見送りに立ち、商いの話がなくとも、またお茶を飲みに寄れと言った。

部屋を出て、宇兵衛は思案する顔になったが、今度は勘定方詰所がある方に歩いて行った。うす暗い廊下を歩いて行くと、横手から不意に人が出て来て、宇兵衛はびっくりして思わず声を立てるところだった。

「森田屋、どこへ参るな？」

とその男が言った。男は宇兵衛のびっくりした様子がおかしかったらしく、うす笑いをうかべている。徒目付《かちめつけ》の鳥谷《とや》甚六という男だった。

「はい、御勘定の三井さまにご挨拶《あいさつ》を、と思いまして」

三井は勘定奉行下役である。

「三井は、今日はおらんぞ」

「えッ、さようですか」

「柳瀬の代官所に行った」

そう言うと、鳥谷は表の方にひょいとあごをしゃくるようにした。

「別段の用がないなら、茶でも飲もうか」

「はい、さようでございますな」

宇兵衛はちょっと迷ったが、鳥谷が歩き出したのでその後に従った。鳥谷とはそう親しく話したということはないが、知らない顔でもない。この建物の中でよく顔を合わせる。

三井がいれば聞きたいことがあったが、いなければ仕方なかった。いなければ同役の佐治《さじ》康助にでも聞こうかと思ったのだが、それは無理に聞かない方が無難かも知れなかった。宇兵衛はすっかり腹が決まって、鳥谷のうしろから歩いて行った。

それに鳥谷が自分を誘うのは、金が借りたいのかも知れないとも思っていた。宇兵衛は会所に勤める藩士たちに、手びろく金を貸している。三井藤之進などは、五十両からの金を借りて、首が回らなくなっている。鳥谷が金を借りたいのなら貸してやろう。それはいつか必ず役に立つ。

　鳥谷は先に立って、入口に近い部屋の板戸をあけ、中に入った。そこは二十畳ほどの畳敷きの部屋で、終日会所で事務をとる藩士たちは、そこで昼の弁当を使ったり、仕事の合間に小憩してお茶を飲んだり、たずねて来る城下の町人と雑談したりする。会所には、建物を掃除したり、庭の草をむしったりする住み込みの老夫婦がいて、この部屋に来ると、夫婦のどちらかがお茶を出してくれる。

　まだ昼前なので、広い部屋はひと気なくがらんとしていた。鳥谷は少し耳の遠い老《ろう》爺《や》にお茶を言いつけると、窓ぎわの火桶《ひおけ》のそばに宇兵衛を誘った。何もない部屋に、火桶だけが十ほど出ている。四角い木の火桶には、わずかな炭火がいけてあった。

「今朝はおどろいたろう」

　鳥谷は浅黒く丸い顔に、うす笑いをうかべて言った。宇兵衛は腰から莨入《たばこい》れをはずし、一服吸いつけながら、苦笑した顔になった。

「はい、おどろきました。あんな厳重なことは、はじめてでございますよ」

「会所に来ている町の連中は、みなびっくりしている」

　鳥谷甚六は面白そうに言った。そこに年寄りがお茶を運んで来たので、鳥谷は口をつぐんだ。宇兵衛も、莨の火を落としてお茶をすすった。

「何か、変ったことでもありましたかな?」

宇兵衛は注意深く聞いた。耳を澄ます気持になっている。勘定方の三井に聞こうとしたのはそのことなのだ。

「大きな声では申せぬが……」

鳥谷甚六は、部屋につづいている台所の方をちらと振りむいてから、宇兵衛に顔を寄せた。四十男の口臭がにおって来て、宇兵衛はわずかに身を引いた。

「城下に、公儀隠密《おんみつ》がひそんでいることが知れた」

「……」

宇兵衛は、危うく持っていた茶碗《ちゃわん》を取り落としそうになった。だが、そうはならずに宇兵衛はゆっくり茶碗をおろし、煙管《きせる》をとり上げると莨をつめた。手は顫《ふる》えなかった。

「ご公儀の隠密ですか……」

宇兵衛は莨の烟《けむり》を吐きながら、静かに鳥谷を見返した。

「この藩に、何か探られるような秘密でもございますかな」

「さあてね」

鳥谷甚六はあごを撫《な》でた。そして、不意に鋭い眼で宇兵衛を見た。

「それはわからんが、隠密がいたことは事実だ。証拠があがった」

「それで、もうつかまえましたので？」

「いや、まだだが、二、三日中には片づこう」

「おそろしいことでございますな」

と宇兵衛は言った。肩をすくめてみせた。

「ご城下にそのような人間がひそんでいるなどとは、夢にも思いませんでしたな。で、それは旅の者か何かで？」

「いや、いや」

鳥谷甚六は手を振った。またうす笑いの顔になると、いっそう声をひそめた。

「他言してもらっては困るが、これが意外な人物でな。名前を言えばそなたも知っておる」

「……」

「商人だ。それで今日は、木戸であんな改めをやっておる。いやはや、人は見かけによらんものだ」

鳥谷は笑っているが、眼は射すくめるように宇兵衛を見ている。宇兵衛は総身の血が冷えるのを感じた。

鳥谷は、腕をさし上げてあくびをした。そしてがぶりと茶を飲み干すと、大きな声で言った。

「このこと、ほかに申すなよ。いや、もっとも洩《も》れたところで、もう逃げられんように手配は済んでおるがの」

店にもどる途中、宇兵衛は初音《はつね》町に曲って、馴染《なじ》みの料理屋に寄った。

「お早いお越しで」

いつも使っている二階の小座敷に案内すると、若いおかみは少し笑いながら言った。

「もうお昼ですが、ご飯をお持ちしますか」

「いや、飯はいりません。そうだね、熱かんで一本頂きますかな」

おかみが出て行くと、宇兵衛はいそいで窓ぎわに立ち、細目に障子をあけると、路地を見おろした。夜は人で混《こ》む路地だが、いまはひっそりしている。見ているうちに、女中らしい襷《たすき》がけの女が一人、真黒な犬が一匹窓の下を通り過ぎただけである。向かい側のぬかごという小料理屋は、まだ戸が閉まっている。路地に人が隠れているような様子はなかった。酒が来たらしい足音が聞こえたので、宇兵衛はいそいで火桶のそばにもどった。

酒を運んで来た顔馴染みの女中と、二、三冗談口をかわし、酌をするというのをことわって帰すと、宇兵衛は手酌で酒をついだ。だが、ひと口すすっただけで盃《さかずき》を膳《ぜん》にもどすと、煙管を取って莨をつめた。

——公儀隠密とは、誰のことだ？

莨をつめたが、火を吸いつけるのも忘れて、宇兵衛は考えに沈んだ。それはおれのことだ、と思った。いくら考えても、公儀から派遣されて来て、この城下にひそんでいる者がほかにいるとは考えられなかった。徒目付鳥谷甚六から、その話を聞いたときの肌がざわめくようだった感触が、まだ身体《からだ》に残っている。

森田屋をひらいたのは、祖父の長右衛門である。小さな店だったという。その店を、城中に瀬戸物をおさめるような大きな店にしたのは、父の市左衛門である。祖父がどういうつてをもとめて、この城下に店を持ったのかは知らないが、公儀隠密として潜入した祖父は、そのときこの城下に根をおろしたのである。

以来疑われることもなく、森田屋は三代つづいた。ふだん宇兵衛は、大方商人の気持になり切っていて、祖父からつづいた身分を思い出すことは少ない。そして隠密というものは、むしろかくあるべきだと思っていた。隠密として、始終気を張っているようでは、この仕事は勤まらないし、またそれでは怪しまれる。

宇兵衛が、隠密の身分に還《かえ》るのは、五年に一度である。五年に一度、宇兵衛は瀬戸物や革細工の品を仕入れに江戸に行く。仕入れの仕事というのは事実で、宇兵衛が江戸から仕入れて来る品は城下でめずらしがられ、高く売れて森田屋の金箱の中身をふやすのである。

だが、江戸に滞在している間に、宇兵衛は定宿の主人には近国へ遊山《ゆさん》の旅をするとことわり、事実は虎《とら》ノ御門外の御用屋敷に入る。そこで五年の間に眼にし、耳に聞いた藩政、人事の変化、領内の見聞などを細かに書類にし、上司に提出する。

東北の小藩の事情は変化にとぼしく、ことに四方山に囲まれた藩は、近年にわかに論議されるようになった、異国船の来航とか海防とかいう世の変化ともほとんど無縁だった。宇兵衛が提出する報告書類は、あくびが出るほど退屈な、日常的な色あいを帯びた見聞記の形になる。

おそらくその報告を読みながら、上司もあくびを噛《か》むに違いないと思われたが、宇兵衛は深くはそのことを考えつめたことはない。父祖から伝えられた役目を忠実に果して来た。人に疑われたことはなく、もう五十の坂を迎えようとしている。この藩にひそむ隠密といえば、このおれしかいない、と思う。

もし何かの理由で、公儀がおれの知らない人間を潜めさせたとすれば、考えられる理由は二つしかないと宇兵衛は思った。

南の国境《くにざかい》にそびえる仙人嶽《せんにんだけ》の奥、白根沢に砂金が湧《わ》いたという噂《うわさ》があった。噂が立ったのは三年前のことである。一年ほど経《た》ったころ、宇兵衛は鷹《たか》ノ湯《ゆ》と呼ぶ仙人嶽の麓《ふもと》の湯宿に湯治に行った。宇兵衛の探索は慎重をきわめる。砂金の噂が下火になったころになってから起こした行動だった。湯宿に滞在している間、宇兵衛は村人から、一時はかなりの人数の人足が、藩士に率いられて白根沢に入って行ったが、半年ほどで引き揚げたことを聞いた。砂金というのはただの噂だったらしいと村人は言った。鷹ノ湯は白根沢への通り路《みち》になっている。村人の言うことは信じられた。

宇兵衛は、その聞き込みに一応満足したが、探索をそれで打ち切ったわけではない。鷹ノ湯から白根沢まで、険しい山路を伝って数個の山村がある。夏になったら、宇兵衛はその村々を目ざして行商に行くつもりだった。

眼で確かめないことには、報告は書けない。宇兵衛は、いま山村に行商に行くために恰好《かっこう》の、新しい品を仕入れることを考えている。

公儀が、その砂金の噂を聞きつけ、急に探索の必要を感じて人を送り込んで来たことは考えられないかと宇兵衛は思った。だがその考えは気持に馴染まなかった。それならこちらに接触があるはずだし、第一新しく人を送りこむまでもなく、江戸からの手紙一本で命じて来れば足りる。森田屋宇兵衛が城内にも信用厚い商人で、まったく疑われていないことは、上司も承知しているはずではないか、と宇兵衛は砂金の一件を打ち消した。

考えられるもうひとつの理由は、森田屋の探索仕事が、宇兵衛の代を以《もっ》て終るということだった。宇兵衛には子供がいない。若いころ娘が一人生まれたが、これも早世した。隠密の役目を伝える者はいなかった。上司はそれを諒承《りょうしょう》した。宇兵衛は森田屋の三代目として、この土地の土になるだろう。

だが公儀は、森田屋の消滅にそなえて、ひそかに別の人間を送りこんで来たのか。

──何のために？

あの、あくびが出るような見聞書を書かせるためか。

宇兵衛は苦笑して盃を干したが、盃はそこで伏せて、膳の上の焼魚とぜんまいを口に運んだ。魚は干してあるが山女《やまめ》だった。味はわかっても、うまくはなかった。

名前を言えば、そなたも知っておる。その男は商人だ、と鳥谷甚六は言ったが、それはおれのことを言ったのだ。証拠があがったと言ったな？　証拠とは何だ、と宇兵衛は考えつづけた。上《うわ》の空《そら》で物を嚙み、飲みくだした。もうのがれられない運命にはまったように感じていた。

——それにしても……。

鳥谷甚六は、なぜそのことをおれに洩らす気になったのだろうと思った。逃げろ、という謎《なぞ》か？

いや、その考えは甘かろう、と宇兵衛は思い返した。鳥谷は、のがれられないように手配は済んだ、とも言ったのだ。猫が捕えた鼠《ねずみ》をなぶるように、鳥谷はいっとき、商人づらをした隠密をからかってみたのかも知れない。

家にもどると、宇兵衛は調べ物があるから、誰も寄越すなと言って、ふだんは使わない奥のひと間に籠《こも》った。

中から襖《ふすま》を閉め、誰も来ないのを確かめてから、行燈《あんどん》に灯をともした。二重底になっている手文庫の底から、心おぼえを記した紙を取り出した。他人が読んでも何のことかわからない符丁のような文字が並んでいるだけだが、念のために細かに引き裂いた。

次に押し入れに入り、天井板をはずして手をのばすと刀ひと振り、短刀二本をつかみ取った。紐《ひも》をほぐし、目釘《めくぎ》をはずし、鍔《つば》も鞘《さや》もはずして、ばらばらにした。それが済むと、縁側に出て雨戸をはずし、庭に出た。

足音をしのばせて裏に回ると、宇兵衛は物置から鍬《くわ》を取って引き返した。一番目立たない塀ぎわのつばきの木陰に穴を掘る。そんなに深く掘ることはないので、穴はすぐに掘り上がった。宇兵衛はその中に、ばらばらに解いた刀を投げこみ土をかぶせた。あたりから少し枯葉をあつめて、その上に置くと、つばきの木陰は暗く、穴を掘ったあとはまったくわからなくなった。

鍬をもどし、部屋にもどると、宇兵衛は引き裂いた紙きれを、こぼさないように両手に包んで台所に行った。夕食の支度には、いっときの間があるとみえて、台所には誰もいなかった。女中のおときは買物に出たのだろう。女房は店に出ている。

宇兵衛はかまどで紙屑《かみくず》を燃やし、ついでに手を洗うと、また奥の部屋に引き返した。行燈を吹き消して、縁側に出る。宇兵衛は雨戸をはずした縁側に立って、空を眺めた。雲がうかんでいる。淡い日に染まった丸い雲は、もう冬のものではなかった。動かずに、じっと浮かんでいる。

——さあ、何の証拠だ。

と宇兵衛は思った。わずかでも怪しいと思われそうな物はいま処分した。かりに疑って引き立てたとしても、おれを自白させることはむつかしかろう。こちらはあくまで、森田屋宇兵衛で通すのだ。藩にかなりの金も献じているおれを、不確かな疑いで罪に落とすことはむつかしかろう。森田屋を、粗末に扱わない方がよかろうて。

宇兵衛は雨戸を閉め、内障子を閉めた。城を出てからずっと持ちつづけて来た恐怖が、少し消えたような気がしていた。

だが、うす暗い縁側を二、三歩表の方に歩き出したとき、ふと、宇兵衛は頭の中をひどく気がかりなものが横切った気がした。足をとめて、いま通りすぎたものを呼びもどした。

あっと、宇兵衛は声を出しそうになった。顔色が変った。

――茂左衛門……。

いそいで暗い部屋に引き返し、また行燈に灯をともすと、そのそばに腕を組んで坐《すわ》った。腕を組まなければ鎮《しず》まらないほど、胸が高く動悸《どうき》を打っていた。

――茂左衛門を忘れていた。

茂左衛門は、先代から森田屋に勤めた下男で、店には向かず、もっぱら庭の手入れをしたり、店の内外を掃いたり、車を曳《ひ》いたり外回りの仕事で働いて来た。無口で力持ち、奉公ひと筋の生まじめな男である。だから茂左衛門が年老いて病気がちになり、奉公をやめて家に引き籠りたいと言って来たときに、宇兵衛は年老いた下男には過分と思われるほどの金を包み、長い奉公をねぎらったのである。三年前のことだ。

その茂左衛門に、ただ一度だけ、秘密の使いを頼んだことがあるのを、宇兵衛は思い出している。十数年前のその年、宇兵衛は大病を患《わずら》い、上司との約束の期日が迫っても、江戸へ行くことはおろか、床から離れることもおぼつかない思いをした。やむなく宇兵衛は、深夜人が寝しずまってからようやく書き上げた報告書を、固く密封して幾重にも油紙に包み、茂左衛門に持たせて江戸にやったのである。人には、江戸の取引先に手紙を持たせてやると言い、茂左衛門にもそのように言いくるめ、一切他言を禁じた。

茂左衛門は、宇兵衛が江戸に行くたびに、供して一緒に行っていたので、迷うこともなく使いを果して来た。虎ノ御門外の御用屋敷に行き、言われたとおりの手順を踏んで書類を渡して来た茂左衛門が、どういう感想を抱いてもどって来たかはわからない。ただ、その書類がたしかに届いたことは、その年の秋、病気が癒《い》えて江戸にのぼったときに確かめられた。そのとき宇兵衛は、店の奉公人を使ったことで、上司から軽い叱責《しっせき》を受けている。

茂左衛門はいま、宇兵衛にもらった金で、小さな家を借り、森田屋とはかなり離れた場所にある鴫《しぎ》町のはずれに住んでいる。女房とも死に別れ、たった一人で臥《ふ》せりがちな日を送っていると聞いた。

宇兵衛は腕を組んだまま、額に深い皺《しわ》をきざんだ。長い間、みじろぎもせず考えにふけったが、やがてようやく腕組みを解くと行燈の灯を消した。

宇兵衛が土間に降りて履物をさがしていると、ばたばたと足音をさせて、女房のおえいが後を追って来た。

「忘れ物ですよ」

おえいは手に莨入《たばこい》れをさげていた。宇兵衛は受け取って、莨入れを腰にさげた。

「では、行って来るよ」

「遅くなりますか？」

「さあてね」

同業の志摩《しま》屋に会って来る、と言ってある。だが、仕事はさほど手間取らないはずだった。鳴町まで往復するだけだ。

「酒が入る話じゃないから、そんなには手間取らないだろう」

「提灯《ちょうちん》を持たなくていいんですか？」

おえいは、いまになって気づいたように言った。

「いらん、いらん。外に出れば外の明かりがある」

女房に見送られて、宇兵衛は店を出た。暗い夜だった。外に出れば外の明かりがあると言ったが、夜になって雲が出たらしく、星ひとつ見えない。だが、その暗さは、宇兵衛の気分を楽にした。足跡のひとつひとつを、夜の闇《やみ》が消してくれるのを感じながら、いそぎ足に歩いた。

途中、青物町で思いがけなく、まだ店を閉じていない場所があって、はっとしたが、宇兵衛は灯から顔をそむけて通りすぎた。灯の色が路上までこぼれているのはそこだけで、青物町を通りすぎると、路はまた闇に包まれた。

茂左衛門の家の近くまで来ると、宇兵衛は立ちどまって来た方を振りむいた。人に跡をつけられた気配はなかった。道の両側の家は、暗くおし黙ったまま、闇の底にうずくまっている。灯も見えず、人の声も聞こえなかった。宇兵衛は茂左衛門の家がある路地に曲った。

耳を押しあてて、しばらく中の様子を聞いてから、宇兵衛は戸に手をかけた。心張棒をかってあったら、外側の戸をはずすしかないと思っていたが、案じることはなく、戸はゆっくりと開いた。土間に入って、静かに戸をもと通りに閉める。

土間に立ったまま、宇兵衛はみじろぎもせず家の中の物音をさぐった。荒いいびきの音がしている。不規則に乱れた、どこか病人くさい呼吸の音をともなういびきは、茂左衛門のものに違いなかった。

膝《ひざ》で板の間ににじり上がり、障子をあける。そのまま膝でいざってまっすぐいびきの音のそばまで行った。懐《ふところ》から折った手拭《てぬぐい》を出し、中の油紙をほどいて、じっとりと水を吸った美濃《みの》紙を出す。

不意にいびきがやんだ。もぞもぞと身体を動かした茂左衛門が突然に上体を起こそうとした。その身体の上に、宇兵衛がのしかかって行った。手はすでに濡《ぬ》れ紙で顔を押えつけている。

森田屋のもと下男は病人とは思えない力を出した。身体をそり返らせ、骨ばった手で宇兵衛の手首をつかんだ。宇兵衛は、一度ははねとばされそうになったが、膝と片腕をつかって、巧みにあばれる身体を押えつけた。亡父からひそかに習った体術が役に立った。茂左衛門の顔を押えつけた手は、一瞬もゆるめなかった。

相手の身体がぐったりと力を失うのを十分に確かめてから、宇兵衛は顔にあてた濡れ紙をはずし、油紙と一緒に丁寧に手拭にはさんで、また懐にしまった。鼻腔《びこう》に手をやって息のないのを確かめ、次に胸に手をあてて心《しん》ノ臓《ぞう》の動きをさぐる。痩《や》せた肋骨《あばらぼね》が指に触れた。心ノ臓は、宇兵衛の指がその場所を押えたとき、一度だけぴくりと大きく弾ねたが、それっきり静かになった。

茂左衛門の身体からは、年寄りくさい匂《にお》いと、薬の香が入り混って押し寄せて来る。宇兵衛は胸から手をひくと、寝巻の衿《えり》を合わせ、夜具を着せてやった。どちらも、ちょっとだけ乱れた感じを残した。夜中に、不意の発作に襲われたと見せかける必要がある。

暗い中で、宇兵衛はすばやく自分の身体を改めた。大丈夫だった。羽織の紐もちぎれていないし、袖《そで》が裂けてもいない。バカ力でつかまれた手首に痛みが残っているが、血は出ていなかった。衿もとを直して立ち上がると、宇兵衛は静かに戸を開け閉《た》てして、外に出た。闇がすぐに宇兵衛の姿をのみこんだ。

そのあと二日は何事もなく過ぎた。そして三日目の朝に、徒目付の鳥谷甚六がたずねて来た。店先に立っているところをよく見ると、太ってはいるが背の低い男だった。注意深く顔色を窺《うかが》いながら、宇兵衛は上がってくださいと言ったが、鳥谷は手を振った。

「いや、そうしてもおられん。近くまで用で来て、こちらに頼みごとがあったのを思い出してな、寄ったのだ」

急な出費の用が出来て、工面がつかず弱っている。十両ほど貸してもらえないかと鳥谷は言った。

宇兵衛は微笑した。少し緊張が解けるのを感じた。この男が、この間会所でお茶に誘ったのは、やはりその用件があったのだ。底意があって、あの話を聞かせたわけではあるまい。

「お安いご用でございます。ここでは何でございましょうから、それではのちほど、お屋敷の方まで番頭にとどけさせましょう」

「そうしてもらうと助かる。証文を入れるのはそのときでよいのかな？」

「けっこうでございます。その証文も、判さえいただければいいように、こちらで用意して参りますから」

「夕刻までに、とどけてくれるか」

「心得ました」

これで肩の荷がおりたというように、鳥谷甚六は満面に笑いをうかべた。しかし不意にその笑いを消すと、顔を近づけて声をひそめた。

「今朝、隠密《おんみつ》がつかまったぞ」

「えッ」

「ほら、この間会所で話したやつだ」

宇兵衛はおどろきで声が出なくなった。やはり、ほかに隠密がいたのかと思ったのだが、宇兵衛はすぐにその考えを打ち消した。それは何かの間違いだ、と思った。隠密はこのおれだ。

鳥谷甚六が小声でしゃべっている。

「搗屋《つきや》町の能登《のと》屋宗助を、知っておるだろう?」

「はい」

能登屋なら知っている。江戸に本店がある小ぎれいな呉服屋だ。まだ新しい店で、城下に店を持ってから数年にもなるまい。主《あるじ》の宗助とも、会所や初音町のあたりで顔を合わせたことがある。話したことはないが。

「白根沢で砂金が出たことがある。十年ほども前のことだ。だが近年領内の噂《うわさ》になったので、藩では掘出しを中止した。もうあらかた掘りつくして、噂が出回ったころはろくな石が出ていなかったからな」

「……」

「能登屋は、それを探りに来たらしい。白根沢の近辺、あちこちで顔を見られておる。幕府も、世情険しくなって来たゆえ、金などという話には眼の色変えるとみえる」

鳥谷甚六は、うす笑いを残して背を向けた。宇兵衛が茫然《ぼうぜん》と見送っていると、入口まで行った鳥谷がまたもどってきた。

「ところで、今朝はいそがしい朝でな、鳴町で死人が一人見つかった。一人暮しの年寄りだが、これがどうやら病死ではなくて、殺されたという見込みらしい。奉行所の連中がてんてこ舞いしておる」

「……」

「だが、殺したやつは間もなくわかるだろうという話だったな。部屋に何か落ちていて、それが……」

鳥谷はしゃべりながら、じろじろと宇兵衛の腰のあたりを見た。

「どうも根付けの折れっ端らしいというのだ。木彫りの根付けのな。折れ口が新しいところをみると、爺《じい》さんを殺したやつが落としたものじゃないかというので、いまそっちをあたっているらしいぞ」

鳥谷甚六が帰ると、宇兵衛はいそいで茶の間にひき返した。火桶のそばに置いてある莨入れを手に取った。根付けは首と尾を持ち上げた木彫りの亀《かめ》である。その尾がなかった。ぽっきりと折れている。

その根付けは、初音町の根付け師巳之助《みのすけ》に彫ってもらった物である。城下の根付け師は数人しかいない。宇兵衛の眼に、ちぎれた亀の尾を持って、巳之助の家の軒をくぐる奉行所の手の者の姿がうかんで来た。

「おや、お前さん」

茶の間に入って来たおえいが驚いたように声をかけて来た。

「どうしたのかしら、汗でびっしょりですよ」

宇兵衛は、おえいがさし出した手拭で、顔の汗を拭《ふ》いた。だが汗は拭いたすぐ後からまた吹き出し、宇兵衛は顔だけでなく全身が汗に包まれるのを感じた。

——間違った。

しかもそれは取り返しのつかない間違いで、のがれる道はなさそうだった。おえいがまた何か言ったが耳に入らなかった。宇兵衛は、必死に逃げ道をさがしながら、その間にも気味悪いほど滴《したた》る顔の汗をぬぐった。

幼い声

一

竪川《たてかわ》の河岸で、新助は夜泣きそばを喰っていた。夜空のいちばん高いところに、凄《すご》いほど光る月がかかっていて、町は昼のようにあかるかったが、寒い晩だった。

熱いそばをすすりこんでいるうちに、冷え切った身体《からだ》がだいぶあたたまって来たが、人心地がもどったところで、新助はさっきまでの腹立ちを思い出した。

「なにを言ってやがる、ド素人《しろうと》が！」

つぶやくと、屋台の陰から顔を出したそば屋が、無言で新助を見た。

「いや、お前さんに言ったんじゃねえよ。ひとりごとだ」

「へい」

「そば、もう一杯くんな」

新助が言うと、そば屋のおやじは、黙ったまま釜《かま》の中にそば玉をほうりこんだ。無口な男だったが、そういうところが深夜の町を、そばを担《にな》って売り歩く人間に似つかわしいようでもあった。そばの味は、めっぽうにいい。

――品物にケチをつけたのは、あの番頭だろう。

と新助は思っていた。丁寧だがひややかな口をきく、四十前後の男の顔が、眼の裏にうかんでいる。品物の納め先、小間物問屋小海屋の番頭だ。

新助は櫛職人《くし》である。竪川の尻《しり》にある菊川町の櫛庄に十年余りも奉公し、そろそろお礼奉公の年季があける。櫛挽《ひ》きの腕には、いささか自信を持っていた。だが腕に自信があるその櫛が、今日は納め先から五枚ももどされて来たのだ。店先の品改めで、これだけもどされたと、使いの芳太が持ち帰ったのである。

頭に来た。新助は短気な男である。カッとなると、頭の中に火花が散って、眼が見えなくなる。

「これ持って、もう一度小海屋さんに行って来まさ」

新助はもどって来た櫛をつかむと、血相を変えて立ち上がった。

「どこがお気に召さねえのか、聞いてめえります」

「ばかやろ」

と親方の庄吉がどなった。

「何だい、その眼つきは。大事なお店に対して何てえ言いぐさだ」

「……」

「どこが気にいらねえかは、芳太がうけたまわって来たろうさ。とっくりと聞いて、はやくつくり直さねえかい」

頭に血がのぼっても、親方には勝てない。新助は、そろそろほかの職人が仕事をしまいにかかっている細工場にもどると、居残り仕事にかかった。

居残りのときは、ふだんなら晩飯を出してくれるのだが、小海屋にどなりこんで行こうとしたのが気にいらなかったか、親方は晩飯をくれなかった。屈辱と怒りで、胸を真黒に焦《こ》がしながら仕事をしていると、五ツ(午後八時)近くなってから、親方の娘おゆうが握り飯を差し入れてくれた。

そのお握りがすっかり冷たくなっていたのは、おゆうが家の者の眼を盗んでつくってくれたのだとわかった。おゆうは十八で、職人の子らしくないおとなしい娘だが、時どき新助に、それとない好意をみせることがあった。これをおっかさんに、と頂き物の餅菓子《もちがし》を紙に包んでくれたりする。

おゆうの差しいれで新助は元気を取りもどし、どうにか櫛三枚を仕上げた。居残りをしたので、明日の昼までにとどけろという、小海屋の注文に遅れる心配はなくなったが、それで胸がすっきりと晴れたわけではなかった。火事場の余燼《よじん》のようなものが残っている。

——あいつが、意地悪をしたのだろう。

おやじがつき出した熱いそばを、ふうふう吹きながら、新助はそう思った。

小海屋で、五枚の櫛をつき返したわけを、芳太にただしたが、芳太の話は新助を納得させるものではなかったのだ。じゃ、ほかの櫛はどうして納まったか、聞かせてもらおうじゃないかと思ったぐらいである。

職人と店の間のこうした衝突は、ままあることだった。理のある文句には、もともと買い上げてもらう職人側があっさりうなずく。だがそうでない、いやがらせのようなことを言う店もある。そういうとき、ふだん腕に誇りを持っている職人ほど、カッとなる。

げんに新助も、親方の庄吉が品物に文句をつけられて血相変えたところを、奉公に入って間もないころに一度見ている。そのとき庄吉は、相手が全部言い終らないうちに、品物をパッと風呂敷《ふろしき》にほうり込むと、「わかりました。じゃ、この品は残らず頂いて帰ります」と言って、後もふりむかずに店をとび出したのである。

その店との取引きは、それっきりになった。啖呵《たんか》をきって、庄吉はそのときは気持よかったかも知れないが、後で苦労したようにみえた。新助が小海屋に行くといったのに、庄吉が腹を立てたのは、若いころの自分のことを思い出したせいもあるかも知れなかった。

――おやじ、飯もくわさなかったからな。

そう思ったとき、一ツ目橋を石置場の方から渡って来る人影が見えた。男だった。男は橋を渡り切ると、河岸の屋台に顔をむけた。立ちどまって、どうしようかと迷っている。月があかるいので、男のそういうそぶりまで手に取るように見える。

そばをすすりながら、新助が上眼づかいに眺めていると、その男は急に決心がついたように、小走りに屋台に寄って来た。背をまるめ、深く腕組みした男は、寄って来ると寒さにふるえる声で言った。

「ひとつくんな」

そしてじろりと新助をみると、なんだ、新ちゃんか、と言った。新助はにやにや笑った。

「しばらくぶりに会って、何だはねえだろ?」

「しかし、こんな夜中に会うとはな。おっつけ四ツ（午後十時）だぜ」

そう言った男は、富次郎と言う下駄職人で、新助の幼な馴染《なじみ》だった。新助よりひとつ年上で、もう所帯を持っている。この春に会ったとき、少し得意そうに、小遣い稼《かせ》ぎに岡っ引の手伝いをしている、と言ってたのを新助は思い出した。

「やけに遅いが、あっちの方の仕事かい？」

「そうじゃねえよ」

富次郎はにが笑いして、そばの丼《どんぶり》をひきよせた。

「ちょいと、そこで女をからかって来たんだ」

箸《はし》で、つつくように川向うを指して富次郎が言った。川向うには、八郎兵衛屋敷の妓楼《ぎろう》がある。

「ところが首尾が悪くてな。むかし馴染には会えずじまいよ」

富次郎は大きな音を立ててそばをすすりながら、横目でじろじろと新助を見た。

「おめえこそどうしたい？　やけに遅いじゃねえか」

「こっちは居残りよ。貧乏ひまなしだ」

「何を言ってやがる」

富次郎は口をとがらせて、そばを吹いた。

「おゆうちゃんとかいう子が、甘酒を入れてくれたりして、はり切って仕事して来たのと違うかい？」

「あれ？　変なことを言うな、何でおゆうちゃんを知ってんだい？」

「ばかだな、おめえ。この前会ったときに、親方の娘がおれに気があるらしいって、自慢そうに言ってたじゃねえか」

「へえ、そんなことを言ったか?」

つまらねえことを言ったもんだ、と思ったとき、箸をとめて富次郎が言った。

「女で思い出したが、むかしな、同じ長屋におきみってえ女の子がいたのを、おぼえてるかね?」

「おきみか? おぼえてるさ。そろそろいい年増《としま》だろうが、会ったのかね?」

「会った。だがうまくねえことでな。あいつ、男を刺して牢屋《ろうや》に入りやがった」

二

浅草御門のそばで富次郎と別れると、新助はそのまままっすぐ西に歩いて、富松町の裏店《うらだな》に帰った。

母親はもう寝ていたが、新助が行燈《あんどん》に灯を入れて、火鉢の火を掻《か》き起していると、寝間から声をかけて来た。

「遅かったじゃないか」

「居残りだよ」

「おまんま、どうした？　味噌汁《みそしる》あっためれば、たべられるようにしてあるけど」

「いらねえよ。そば喰って来た」

新助が言うと、母親はあくびして、そのまま黙ってしまった。

新助は台所から茶碗《ちゃわん》を持って来ると、火鉢にかかっていた鉄瓶《てつびん》から白湯《さゆ》をついで飲んだ。

——今日はろくな日じゃなかったな。

と思った。品物にケチをつけられ、居残りをさせられたと思ったら、帰りぎわには、幼な馴染の女が牢入りしたという話まで聞いた。

おきみは、いままでどういう暮らしをしていたんだろう、と思った。富次郎にもそう聞いたが、富次郎もくわしいことは知らなかった。幼な馴染といっても、長屋育ちの人間は、奉公の年ごろになると、あっという間に、ばらばらに散ってしまうのだ。

——おきみはいくつだったかな？

たしか三つか四つ下だったはずだから、いまは二十一か二だろう。

富次郎は、あまりくわしいことを言いたがらなかったが、おきみは常盤町《ときわ》にある小料理屋で酌婦のような仕事をしていたらしい。働いて男に喰わせていたが、その男が、親の勘当がとけて自分を捨てて家にもどろうとしているのに気づいて、カッとなって刺したという話だった。

ありふれた話のようでもあった。おきみのように、出刃包丁をにぎって相手を刺すところまでいかなくとも、そのひとつ手前で、憎みあったり、殴り合ったり、別れたり、我慢したりしている男と女は星の数ほどいるだろうし、おきみのように辛抱の糸が切れて、お上の手を煩《わずら》わす人間も、いないわけではない。どこかで、いつか聞いたことがある話のようにも思える。それにしても……。

——ばかなことをしたもんだ。

と思った。自分を捨てにかかった男なら、どうせ脈はないのだから、あっさり別れたらよさそうなものじゃないか。刺すなんて、ばかだ。

富次郎の話によると、刺された男は命にかかわる傷を負ったわけではなく、驚いてとんできた親に引き取られて帰って行ったという。そのせいで、牢には入ったもののおきみの罪は軽くて、半年もすれば出られるだろう、ということだった。

もっともそれは富次郎が、そうじゃないかといったことで、どれほど確かな話かはわからない。

新助は白湯を飲みながら、そこまで考え、そこでケリがついた気がして腰を上げた。

押入れから夜具をひっぱり出して敷き、火鉢の火に灰をかぶせ、行燈の灯を消すと夜具にもぐりこんだ。

だがいつものようにすぐには眠りがやって来なかった。小海屋の番頭の顔や、機嫌が悪かった親方の顔、どことなく下っ引風な物言いが身についてみえた富次郎の顔などが、次つぎと眼の裏を通りすぎて行った。

眠れないままに、新助はおきみの顔を思い出そうとしたが、それはうまくいかなかった。新助が櫛庄に奉公に入ったのは、父親が死ぬ前の年、十四の時だったから、そのころおきみは十をすぎていたはずだが、その年ごろのおきみの顔は、いっこうにうかび上がって来ないのだ。

多分そのころは、男は男、女は女とつき合う相手がわかれて、男と女が一緒に遊んだり、話しこんだりすることもなかったからだろう。そう思ったとき新助は、もっと小さかったころのおきみを、ありありと思い出したのである。

おきみの家は新助の家の右隣で、両親は日雇いをしていた。親が二人とも外稼ぎのせいで、おきみは昼は一人で遊び、親たちの帰りが遅いときは、新助の家で晩飯を喰わせてもらったりしていた。それをいいことに、おきみの親たちは、夜遅く酔っぱらって肩を組んで帰って来たりした。

だが新助が思い出したのは、そういうときのおきみの姿ではなかった。半ば新助の家の子供のような恰好《かっこう》で、晩飯を喰ったりしていたはずだが、思い出したのは別のときのおきみの姿だった。

新助は、たいがいは富次郎、竹蔵、弥市など、同じ長屋の似た年ごろの男の友だちと、日がな一日遊び暮らしていた。仲間同士で喧嘩《けんか》もしたが、一歩裏店の外に出て、表の町の子供たちと喧嘩になったりすると、ひとかたまりになって助け合ったことをおぼえている。

だが、どういう加減か、遊び友だちの姿が、搔き消したように一人も見えない日があった。家をたずねて行っても家にもいず、表へ出てみてもいなかった。

そういうときは一人で遊ぶしかなかったが、新助は一人遊びも嫌いではなかった。路地の井戸端で蟬《せみ》の穴を掘ったり、近くの左衛門河岸《がし》まで行って、とんぼやばったを追ったりした。長屋は、向う柳原《やなぎわら》の佐久間町にあった。

おきみは、そうして新助が一人で遊んでいるときに、いつの間にかそばに来て遊んでいる子供だったのである。相手になって遊んでやった記憶は、新助にはない。三つも四つも年下の女の子は、ただ邪魔なだけだった。新助は自分のやりたいことをして遊んでいる。おきみも、一緒に遊んでくれとは言わなかった。ただ新助がとんぼを追って走れば、自分も顔を真赤にして、うしろから走って来るのだ。

あたりが少しうす暗くなっても、新助は地面に坐《すわ》りこんで遊んでいる。だがおきみは、うす暗い日暮れがこわかったようである。おきみはそわそわし、やっと立ち上がって新助からはなれる。

「新ちゃん、またね」

そう言っておきみはひと足先に家にもどるのだが、新助は返事をしたことはない。無言でおきみを見ることもあったし、自分の遊びに熱中しているときは、下をむいたまま、うるせえということもあった。そのことを新助はいま思い出していた。その思い出には、なぜかもの悲しいものがつきまとっている。

——あれは、いくつぐらいのときだったのかな？

闇《やみ》の中に凝然と眼をひらきながら、新助は考えこんだ。はっきりとはわからなかった。たぶん自分が八つぐらいで、おきみが五つぐらいだったろうかと、ぼんやり思うだけである。

新ちゃん、またねと言ったおきみの声が聞こえるような気がした。遊んでもらったわけでもないのに、おきみはかならずそう言う子供だったのである。あごの薄い細面《ほそおもて》と、黒目だけしか見えない細い眼をした女の子。話しかけて来るわけでもなく、ひっそりとそばで遊んでいたおきみ。いくら子供だって、もう少しやさしくしてやれなかったのか。いまの新助がそう思うのは、やはりおきみが牢に入っていることが頭にあるせいだろう。

——牢の中は、寒いだろうな。

薄い夜具を身体に巻きつけて、暗い牢の中に横たわったまま、じっと動かない女の姿が見えて来る。そのおきみは子供のときの顔をしている。

とっくにどこかに嫁入っただろうと思い、気にもとめず、思い出すこともなかった幼な馴染だが、そのおきみが、どうして二十を過ぎてまだ酌婦をしていたり、男を刺して牢に入ったりしているのだろうと、新助は改めておきみのこれまでの暮らしが気になって来るようだった。

三

「新助、ちょいと茶の間に来な」

外から帰って来て細工場をのぞいた親方がそう言った。

木屑《きくず》をはらい、仕事用の前掛けをはずして茶の間に行くと、親方はめずらしく笑顔で迎えた。

「まあ、一服しろ」

父親に言いつけられていたらしく、台所から出て来たおゆうがお茶をいれた。親方は、おゆうが新助にお茶をすすめるまで、黙って莨《たばこ》を吸っていたが、急に言った。

「今日小海屋に寄ったら、こないだの、おめえがあとから納めた櫛だけどよ。えらくほめられたぜ。旦那《だんな》まで出て来てな、今度っから、納めを十枚ばかりふやしてくれとよ」

何を言ってやがる、上げたり下げたりしやがってと新助は思った。はじめに納めた品と作り直した品がどう違うんだい、と小海屋の前で開き直りたい気持があったが、その気持の下からうれしさがこみ上げて来た。

小海屋に納める櫛は、ここ二年ほどずっと新助が請負って来ているが、数をふやせと言われたのは、今度がはじめだった。作った品が、店にも客にも気にいられているのだ。

「よかったじゃないか、新さん」

とおゆうが言った。おゆうはそのひと言を言いたくて、お茶をいれたあとも手をやすめてそばに坐っていたようにみえ、新助に笑顔をむけるとすぐに台所に立って行った。

「ま、おめえもどうにか一人前になったというとこかな。だがよ、今度のようなこともある。この前のように、すぐにかっかするのは改めな」

「へい」

「秋に奉公が明けたら、自分の店出してもよかろうぜ。ちっとは助《す》けてやろう。おめえならやって行けるだろうからな」

親方はそれ以上のことは言わなかったが、新助には、そうなったらおゆうをくれてやってもいいぜと言ったように聞こえた。

そのせいで、新助はその日仕事じまいの時刻まで、なんとなく落ちつかない気分で過ごした。時どき手をやすめて、ぼんやり明りとりの障子を眺めて、ほかの職人にあやしまれたりした。

そわそわと落ちつかない気分は、仕事を終って親方の家を出てからもつづいた。おゆうは買物にでも出たらしく、姿が見えなかったが、それも気にならなかった。

親方の家は、子供が女二人、男一人だった。一番上の姉は、隣町の瀬戸物屋に嫁入った。下の弟の弥吉は、子供の時から細工場に入れられ、奉公人と同じように親方に仕事を仕こまれて来て、いまは二十だった。庄吉の腕をうけついだらしく、いい細工物を作る。親方の庄吉は、五年前に連れ合いをなくして、当時は嫁に行った姉が、いまはおゆうが母親がわりに一家の面倒をみているが、おゆうを嫁に出しても末っ子の弥吉に嫁をとれば、あとの心配はない。

表に店を借り、おゆうを女房にして小さな櫛職人の店を張る自分のことを考え、新助はうっとりしながら道を歩いている。そうなれば、母親にも縫物の内職などさせないで済む。まてよ、親方に言うまえに、一度おゆうの気持をたしかめた方がいいかな。うきうきと、新助はそこまで考えていた。おゆうのなんとなく寄りそって来る感じには気づいているが、気持をたしかめたことはない。ガキの時からのつき合いで、てれくさくてそんなことをたしかめられるもんじゃない。

浅草御門の前を通りすぎて、郡代屋敷の角まで来たとき、新助は前の方から歩いて来る大柄な男に気づいて足をゆるめた。うきうきしていた気持が、水を浴びたように冷えるのを感じた。

――おや、徳三郎だな。

おきみが牢にいれられたと聞いて帰った翌朝、新助は母親に根ほり葉ほりおきみのことを聞いた。牢に入るということは尋常なことではなかった。そうなるまでおきみはどんな道を歩いたのかと思ったのだ。

だが母親もくわしいことは知らなかった。おきみは、新助が職人奉公に出て三年ぐらいたつと、同じ佐久間町にある太物屋の小間使いに雇われた。赤ん坊のお守りをしたり、台所仕事を手伝ったりしていたらしかったが、二年ほどでそこをやめると、両国の橋ぎわにある水茶屋に勤めた。水商売に入ったのだ。

「あたしが知ってるのはそのへんまででね。そのころこっちは引っ越して来ちゃったから、あとのことはよく知らないよ」

「……」

「ただそのあとにさ、もとの長屋のおさださんに会ったとき、おきみちゃんが深川のどっかでいかがわしい勤めに出てるって聞いたことがあったねえ」

「常盤町の小料理屋のことかな?」

「そうじゃないよ。入船《いりふね》町とか洲崎《すさき》とか、むこうの方だよ」

それじゃおきみは、男に身体《からだ》を売っていたのだと新助は思った。行ったことがないが、町の名を聞けば見当はつく。

「なんで、そんなふうに曲っちまったんだい、あいつは」

「そりゃお前、金だろうさ。おきみちゃんが外で働くようになると、おっかあどころか、甚平まで働くのをやめちまったからね。親に喰われちまったのさ」

甚平というのは、おきみの父親のことである。新助は手足のひょろ長い、酒やけのした顔を持つおきみの父親を、ひさしぶりに思い出した。

「でも、はじめはまともに世の中渡るつもりで、三州屋に奉公に入ったんだろ？　何で二年ばっかしでやめちまったのかな」

「それにはお前、わけがあったのさ」

母親は即座に言ったが、ためらうようにちょっと言葉を切ってから、またつづけた。

「徳三郎て、どら息子がいるだろうが。あいつにおもちゃにされてさ。夜中に泣きながら逃げて来てねえ。それで甚平がどなりこんで行ったら、逆に店の者に殴られてさ。あとで三州屋のおかみさんが菓子折りかなんか持ってあやまりに来たけど、ひと騒ぎあったんだよ。その話は長屋で知らない者はいないよ」

そうか、そういうことかと、新助は母親の話で、おきみの足どりが見えて来た気がしたのだった。歩き出したおきみの道を、無理やりねじ曲げたやつがいたのだ。

それが、いまこちらにむかって歩いて来る男だった。徳三郎とは遊び友だちと言うわけではない。子供のころは、長屋の子は長屋の子、表の子は表の子と、大体かたまっていて、どちらかといえば喧嘩相手だった。徳三郎は新助より二つぐらい年上で、子供のころから身体が大きく、一方のガキ大将だった。

そういう仲だが、知らない顔ではない。長屋の子は、年ごろになると四散してしまうが、表店の子はそのまま町にいる。新助も、家がまだ佐久間町にあったころは、町にもどって徳三郎と顔が合ったりすると、立ち話をすることもあった。喧嘩相手も、年経るとなつかしい顔に見えたのである。

だが徳三郎の正体が割れたいまは、なつかしいどころではない。新助は近づいて来る男を険悪な眼で見た。

「よう、新助じゃないか」

と徳三郎が言った。郡代屋敷の角にある辻番所《つじばんしょ》の明りに、ひと眼で絹物とわかる着物と、若いくせにもう前にせり出している腹、脂《あぶら》切った笑顔がうかんでいる。

女遊びが過ぎて、親を泣かせているという噂《うわさ》を聞いたが、これから女のところにでも出かけるのだろう。徳三郎の姿には年季の入った放蕩《ほうとう》者の感じがつきまとっている。

時が時であった。新助は返事もせず、横をむいて通りすぎると、地面に唾《つば》を吐いた。

「何だよ、おい」

うしろで徳三郎が言っている。

「友だちにむかって、そんなあいさつはないだろ?」

「友だち?」

新助は振りむくと、立ちどまっている徳三郎の前までもどった。

「おめえなんか、友だちじゃねえよ」

「何だい、何を怒ってんだい」

と徳三郎が言った。高張提灯《たかはりぢようちん》の光を背にして、顔は影になっているが、にやにや笑っているのが見えた。

「お前さん、おきみが牢《ろう》に入っているのを知ってるかい？」

「おきみ？」

徳三郎は首をかしげた。

「おきみって誰だっけ？　聞いたことがねえな」

「だました女があんまり多くて、忘れたかい。市兵衛長屋にいたおきみだよ。おめえの家に奉公に行ったら、おめえがさっそくおもちゃにしたっていうじゃねえか」

「ああ、あのおきみ」

徳三郎は笑った。声は立てなかったが、気配でわかった。

「人聞きの悪いことを言わないでもらいたいね。若気の過《あやま》ちってやつだよ。何もおもちゃにしようと思ったわけじゃない」

「……」

「信用しないって顔だな。ま、いいさ、古い話だ。ところで、おきみがどうしたって?」

「だました男を刺して、牢に入っているとよ。そんな女になっちまったのも、お前さんのせいじゃねえかと思うがね。どうだい、罪ほろぼしに何か差し入れてやろうてえ気はねえかい?」

ヘッヘと徳三郎は笑った。そしてくるりと背をむけると大声で言った。

「こいつは大笑いだよ」

「なに!」

「別れた女にいちいち義理を立てていたら、身が持たないや」

野郎! ひと声うなると、新助は歩き出した徳三郎の背にむかって突進した。すると徳三郎も意外に敏捷《びんしょう》にふりむいて、新助の拳《こぶし》を振りはらった。人気《ひとけ》ない夜道で、男二人は殴り合い、組み合ってともに地面に倒れ、さらに殴り合った。

四

八月の声を聞いたが、日射《ひざ》しはいっこうに衰えず、真夏のままだった。新助は手につかんだ手拭《てぬぐ》いで、何度も首筋を流れる汗を拭《ふ》いた。堀ぎわにある欅《けやき》の下に立って日射しを避けているのだが、西に回った日は容赦なく木の下まで射しこんで来る。

汗を拭きながら、新助は時どき牢獄の表門に眼をやり、懐《ふところ》に手をさしいれて、そこに入っている櫛《くし》の厚みをたしかめた。

今日はおきみが牢を出される日だった。そして懐の櫛はおきみにやろうと、仕事をしまったあと少しずつ居残りして作ったものだった。材料は黄楊《つげ》だが、その上に黒漆《くろうるし》をかぶせ、銀砂子を散らした飾り櫛である。

むろん親方の許しをもらって作った櫛だが、使い道までは言わなかった。それで誤解したらしい。父親から聞いたらしく、その櫛を誰にやるつもりかと、真剣な顔で問いつめてきたおゆうのことが思い出された。

言いわけに汗をかいたが、新助は後でおゆうの気持をたしかめるという手間がひとつはぶけたことに気づいたのであった。そのときおゆうの顔にうかんでいたのは、見間違えようのない嫉妬《しっと》だったのである。

――そんなご大層なものじゃねえよ。

おゆうは新助が正直に打明けたあとも、おきみというひとと何かあったのかと問いただしたが、おゆうが考えているような意味は何もない。新助はただ、ひさしぶりにしかもみじめな立場で幼な馴染《なじみ》に会うおきみに、元気を出しな、とその櫛をやりたいと思っただけである。

門がひらいて、富次郎が出て来た。富次郎は、新助のそばまで来ると、いま出て来ると言った。そして新助の手から手拭いを取ると、顔と首の汗を拭いた。そのあと二人は、無言で門を見つめた。

いくらも経《た》たずに、また門がひらいた。そして一人の女と牢役人らしい中年の男が外に出て、堀にかかっている板橋を渡って来た。見るとおきみはまだ腰縄をかけられ、役人が縄尻《なわじり》を握っている。

橋を渡り切ったところで、役人は縄をはずし、ちらと新助たちを眺めると、無言で牢の中にもどって行った。

「おい、こっちだ」

富次郎が陽気に言って、おきみに手を振った。するとおきみもこちらを見、ゆっくりと歩み寄って来た。半年以上も牢にいたというのに、おきみは顔色こそ青白いが、さほどやつれたようには見えなかった。

——これがおきみかい。

新助は近づいて来る女を、茫然《ぼうぜん》と見つめた。胸も腰もがっしりと厚い女だった。細い眼のあたりに、わずかに昔のおもかげが残っている気はしたが、おきみはまるではじめて出会う女のように見えた。

「新助だ、おぼえているだろ?」

富次郎が言うと、おきみは無言のまま、まじまじと新助を見つめた。幼な馴染をなつかしがっている眼ではなかった。新助は、女が男を吟味するしたたかな眼にさらされている感じをうけた。

「新ちゃんね」

おきみの顔にふっと笑いがうかんだ。だがその笑いにはどこか投げやりな感じが含まれていた。おきみの声は、男のように低くしゃがれている。その声でおきみはつづけた。

「こんどはいろいろ、ありがと」

新助は富次郎と話し合って、おきみが牢にいる間に、三度ほど焼魚などを差し入れしている。その礼を言ったのだった。

だがおきみは、すぐに笑いをひっこめると、あっさりとじゃこれで、と言った。道端で立ち話をした人と別れるよりもあっけなく、おきみは背をむけた。

「何だい、あの女」

ぼんやり見送っていた富次郎が急に気づいたように後を追おうとしたのを、新助はとめた。

「しかしだ。じゃという言い方はねえだろ? 差し入れまでしてやったんだぜ」

「だから、その礼は言ったじゃないか。あれでいいんだよ。おきみは一人でやっていける女なんだ」

一人でやっていける女が、何で刃物沙汰《ざた》なんぞ起こしたんだい、と富次郎は言ったが、新助は答えずに、富次郎をうながして歩き出した。

おきみは、幼な馴染づらであらわれた男二人が、ただの赤の他人にすぎないことを見抜いたのだ。そのとおりだと思った。富次郎はもう所帯を持っているし、おれはおゆうと一緒になれるかも知れないというのぞみが出て来て、胸の中にうきうきした気分を隠している男だ。おきみは、そんな男たちの同情をあてにして生きているような、やわな女ではない。

おきみはどこかで町角を曲ったらしく、堀ばたの道にはもう姿が見えなかった。人の姿もなく、がらんとした道を、やや赤味を帯びた日射しが照らしている。新ちゃん、またねと言ったおきみの幼く澄んだ声が、だんだんと遠くなり、ふっと消えるのを新助は感じた。

「一人で困るようだったら、少しぐれえ相談に乗ってやろうかと思ったのに、ばかな女だ」
そうかね、と新助は答えた。

夜の道

一

おすぎが、その女に気づいたのは家の前を掃き終って、今度は洗濯物を抱えて井戸端に行ったときである。

四十くらいの年恰好《かっこう》の、品のいい女だった。裕福な商人の女房に見えた。顔も髪も手入れが行きとどき、着ているものはぜいたくな絹物らしい。

女は木戸の中に入って、そこに立っていた。井戸のそばに行くおすぎをじっと眺めているので、おすぎは何となく頭をさげた。すると女も軽く辞儀を返したが、近寄ろうとはしないで、やはりじっと立っている。

——誰かを、待っているのかしら。

とおすぎは思った。そしてあんな裕福そうなひとが、この裏店《うらだな》の誰と知り合いなんだろうと、ちらと思った。

だが洗濯にかかると、おすぎは女のことを忘れた。朝少し雨が降ったので、今日は洗濯は無理かと思ったが、雨はそのままやんで、昼過ぎになると少しずつ青空が見えて来た。

家の中の仕事を片づけながら、おすぎは空模様をうかがっていたのだが、このまま晴れて日が射《さ》せば、少し日があるから、洗い物も乾くかも知れないと思い立ったのである。大いそぎで汚れ物を洗った。

見込みどおり、空はおすぎが洗濯に精出している間に、厚い雲がどこかに移って、春にしては少し暑いぐらいの日射しが降りそそいで来た。おすぎは、赤い襷《たすき》で惜しげもなく二の腕まで露《あら》わにし、せっせと洗い物にはげんだ。

おや、と思ったのは、洗濯が終って腰をのばしたときである。

さっきの女がまだいた。そして女は洗濯をしているおすぎをずっと眺めていたらしく、顔をあげたおすぎと、まともに眼が合ってしまった。おすぎは、何となくバツ悪い感じで眼をそらした。女もいくらかあわてたようである。だがおすぎのように眼をそらしはしなかった。まだこちらを見ていた。

――変なひと。

洗濯物を抱えて、いまはいくらかうるさく感じられる女の眼を背に感じながら、おすぎは家の方にもどった。無心に働いているところを、じろじろ眺められるのはあまりいい気持のものじゃない、とおすぎは思った。

――いい家のおかみさんに見えたけど……。

世の中には、存外にたしなみのないひともいるものだ、と思いながら、おすぎは軒下の物干し竿《ざお》のぐあいを直し、洗い物を干しはじめた。もう女の方は見なかった。

それでも女のことは気持にひっかかって、干し終って家に入るとき、ちょっと木戸の方を見たが、女はいつの間にかいなくなっていた。裏店の誰かを待っているようにも見えたが、それらしい気配もないうちに、女は姿を消したらしい。

――変なひと。

おすぎはもう一度そう思った。ぽかんと木戸を眺めていると、隣の五平の女房が外に出て来た。

「あらあら、すっかりお天気になったじゃないの」

おとくという名の女房は太い両腕をさし上げ、亭主の五平が見たら、世をはかなんで家出でもしそうな大あくびをした。おとくはいまのあくびで眼尻《めじり》にうかんだ涙をぬぐいながら、にこにこ笑った。

「おすぎちゃん、もう洗濯しちゃったのかい?」

「ええ、汚れ物たまってたもんだから」

「あたしんとこもたまってるけど、今日はやめた」

「そうね。晴れるのが遅かったもの」

「それにしても、おすぎちゃんは働き者だよ。大きな店に奉公したから、仕込みが違うわ。これならおっかさんも、安心してお嫁に出せるというものさ」

「どうだか」

おすぎは少し赤くなって答えた。おすぎは嫁入り先が決まっている。

「祝言《しゅうげん》、いつって言ったっけ?」

「来月の、十五日です」

「おやまあ、じゃ、もうひと月もないわ。そう、いまが一番楽しいときだねえ。お婿《むこ》さんになるひとも、きっと待ち遠しがってるよ」

「そんなことないって、おばさん」

おすぎはほんとに赤くなって、家の中に駆けこんだ。はっ、はっとおとくは男のような声で笑った。そして戸口をのぞきこんで聞いた。

「おまつさんは、まだもどってないかい?」

「まだよ、遅いねえ」

台所に立ちながら、おすぎは答えた。嫁に行くといっても、裏店の職人にかたづくのだから、大げさな支度は何もいらないと言ってあるのに、おまつはそれでも気になるらしく、時どき外に出かけて、何かと嫁入りのときに持って行く物を買って来る。今日も、朝から外に出ていた。

まだもどらないと聞いて、おとくはこっちをあきらめて立ち去った気配がしたが、間もなく少し離れたところで、おきよさんいるかいと大声で言う声がした。

それっきりでおとくの声が聞こえなくなったのは、そのままおきよの家に上がりこんだらしかった。おきよはおとくとは逆に痩《や》せて、頭痛持ちのせいかいつも青ざめた顔をしている女だが、おしゃべりの口はおとくを上回る。

ふだん気が合っている二人は、これから亭主が仕事からもどるまで、腰をおちつけてみっちり茶飲み話でもするつもりだろう。むろん、おすぎの嫁入り話も、のがさず話の種にするだろう。

——いやだな。

夜の汁の実にする菜っぱの枯れ葉をもぎ、小盥《こだらい》の水に漬けながら、おすぎは思った。ひと月前に、おすぎは十四のときから五年の間奉公した、亀井《かめい》町の雪駄《せった》問屋村久をやめて家にもどった。村久に品物をおさめている雪駄職人幸吉との間に、縁談がまとまったからである。

店に出入りの職人と結ばれたというので、裏店の女房たちは、おすぎと相手が好き合ったとでも思うらしかった。だがじっさいには、幸吉の腕を見込んでいる村久の主人が世話を焼いて、話をまとめてくれたのである。幸吉は品物をおさめに来た日は、台所に来て飯を喰うので、顔も人柄も知っていたが、好き合ったなどというものではない。

裏店の女たちの穿鑿《せんさく》好きな眼が、おすぎには迷惑だった。だがそう思う一方で、心をくすぐられる気持がないわけではない。幸吉はさほど男ぶりがいいわけではないが、店の奉公人たちとくらべると、さすが職人で、物言いも気性もさっぱりして気持のいい男だった。その上、品物にきびしい村久の主人が、幸吉の作った雪駄だけはほめ、あれはいまに表に店を持つ職人だよ、と太鼓判を押してくれたのである。

縁談に不満はなかった。菜っぱを洗う手を、おすぎはそのまま小盥に沈めて、眼を宙にとめた。水はもうつめたくはない。

――少しぐらい、言われたっていいわ。

と思った。間もなく夫と呼ぶことになる男の顔をぼんやり思いうかべ、さっき木戸のそばに見かけた女のことは、念頭から消えていた。

二

ところが、その女はその日の夕方、もう一度現われたのである。

母親のおまつの帰りが遅かった。家にもどったのが、間もなく七ツ半（午後五時）にもなろうという時刻だった。

「おっかさん、遊びぐせがついたんじゃない？」

おすぎは母親をからかったりしたが、バカお言いでないよ、これ買うのにずいぶんあちこち歩き回ったんだから、と言いながら、母親がひろげた買物を見ている間に、二人とも時刻を忘れ、おすぎは表に魚を買いに出るのが遅くなった。

おすぎは、大いそぎで木戸を出て、蠟燭《ろうそく》町の表通りにむかった。すると路地の端から、すっと人が寄って来た。もうあたりがうす暗くなっている中なので、おすぎはびっくりしたが、見ると寄って来たのは、洗濯をしていたとき、木戸のところからこちらを見ていた女だったのである。

「おどろかせて、ごめんなさいね」

おすぎのびっくりした様子を見て、女はそう言った。やさしい声だった。その声で、女は言った。

「あなたが、おすぎさん？」

「はい」

「あたしは深川の万年町で、糸問屋をしています伊勢屋の家内です」

おすぎは黙ってうなずいた。深川の万年町なら遠いところだと思った。そういうひとが、何の用があるのだろうかと思っていると、女は近ぢかと身体《からだ》を寄せて来て、意外なことを言った。

「あなたは、弥蔵さんのところの、もらい子だそうですね」

「ええ」

「もっと先のことを言っても、かまいませんか？」

「はい、どうぞ」

おすぎは、幾分うす気味わるい気持になりながら答えた。

「弥蔵さんは、大工仲間の巳之吉《みのきち》さんというおひとから、あなたをもらい子なさったのですが、その巳之吉さんも、あなたのほんとうの親ではなかった。巳之吉さんは、あなたが小さいころ、迷子になって道で泣いていたのを拾ったのだと聞きました。そうですね？」

「ええ、そうです」

とおすぎは言った。

そのことは隠しごとでも何でもなかった。大工の巳之吉は、ある夏の朝、北本所《きたほんじょ》にある仕事場に行く途中、本所の御蔵そばの道を泣きながら歩いている小さな女の子を拾った。

仕事場はそこから近いところだったので、巳之吉はとりあえず女の子を仕事場に連れて行き、町の自身番にもとどけて、親をさがしてもらったが、すぐ見つかると思った親は、その日の仕事が終っても現われなかった。

仕方なく巳之吉は、女の子を西神田の自分の家まで連れ帰った。巳之吉はまだ三十前のひとり者だったので、昼の間は女の子の面倒をみるわけにはいかない。仕事に出るときには、女の子を近所にあずけ、自身番からの知らせを待ったが、何日たっても音沙汰《おとさた》がなかった。

たまりかねて催促に行ってみたが、自身番の返事は冷たいものだった。若い巳之吉は、自身番に詰めている町役人と喧嘩《けんか》した。そこで困りはてたあげく、子供を近い町に住む弥蔵夫婦の家に連れて来たのである。

弥蔵の家では、むしろ大喜びで子供を引き取った。そこで、その後巳之吉が届けを出したという自身番にも何度か足を運んで、親さがしの方は脈がないと見きわめると、自分たちの子供にして育てた。それがおすぎである。

おすぎは、小さいころのことはおぼえていなかったが、村久に奉公に出るときまった年に、親たちからその話を聞かされている。

「生みの親より育ての親って言うからね。いまじゃこっちが親だと思ってるけど、一ぺんはほんとうのことを言っておくもんだろうと思ってさ」

と、おまつが言ったのをおぼえている。

女は、おまつが話した、古い昔のことを持ち出していた。何のためだろうと、おすぎは訝《いぶか》しんだ。

すると、女がふっと顔をそむけて言った。

「あたしにも娘がいましたが、三つの齢《とし》の夏に、人にさらわれました。生きていれば、ちょうどいまのあなたぐらいの齢です」

女は眼をおすぎにもどした。

「名前はおすみといいました。あたしが、ちょっと眼をはなした隙《すき》に、さらわれてしまったのです」

「……」

「それから十五年、あちこちとさがし回りました。ひとに拾われた子、身もとのはっきりしないもらわれ子がいると聞くと、すぐにとんで行きました。でも、どの子もどこか少し違っていました。齢が合わなかったり、ひとに拾われた季節が違っていたり、それに、そう、顔だちがこれは違うと思われたり、どれもあたしの子供ではありませんでした」

「……」

「でも、あなたは、ひょっとしたらいなくなったあたしの子かも知れません」

女はじっとおすぎを見つめた。おすぎはまた少し気味が悪くなった。そんな草双紙の〝物語〟のような話が、と思った。

「突然にこんなことを言うと、びっくりするかも知れません。でもあなたのことは、ふっと耳にしてからこのかた、ずっとあちこち話を聞いて回ったのです。村久のご主人夫婦にも会いましたし、巳之吉というひとにも会いました。石原町の自身番にも参りましたし、あなたは気づかなかったでしょうが、これまで何度も、それとなくあなたを眺めさせてもらいました」

「……」

「そうしているうちに、だんだんにあなたがあたしの子供ではないかと思えて来たのです。いままでは、こんな気持になったことはありませんでした」

「でも……」

「小さいときのことを、何かおぼえていませんか」

つめよって来た女の眼に、何か狂おしいような光が宿っているのを感じて、おすぎは一歩うしろにさがった。

「急にそんなことを言われても、あたし……」

「あなたがあたしの娘なら、深川の万年町で育ったのですよ。家は河岸のそばにあって、すぐそばを川が流れていました。子供が川の方に行きたがるので、あたしは何度も叱《しか》ったのです。お尻《しり》をぶって。おぼえていませんか？」

「すみません、あたし」

おすぎはいそいで言った。女が品のいい顔をしているだけに、思いつめているような表情がこわくなっていた。路地の底に、闇《やみ》が這《は》いはじめている。

「何にもおぼえていないんです。もう少し何かお話できるといいんですけど」

「……」

「ごめんなさい。あたしいそいでいますので……」

おすぎは女の横をすり抜けるようにして、そこを離れた。女が、おすぎさんと呼んだが、振りむかなかった。追われるように灯あかりが見える表の町の方にいそいだ。おすぎの胸には、じっさいに少し恐怖が動いていた。

三

「ほんとに変なおばさんなのよ、そのひと。すっかりあたしのことを自分の子供に違いないと思いこんでるようなの」

おすぎは笑いながら言った。ふーん、そいつはおもしろいやと言って幸吉も笑った。

二人は両国橋に近い、河岸の水茶屋にいた。

ひさしぶりに会った幸吉に、おすぎは突然に現われた糸屋のおかみのことを、洗いざらい話したのである。

「それで、いまは家まで押しかけて来てるってわけかい？」

「そうなの。それで親たちも弱っているわけ。おとっつぁんなんか、そりゃしかとした証拠があれば、仕方ありません、娘はさし上げますなどと言ってるの。おとっつぁんたら、いったいあたしを何だと思ってるのかしら」

「娘をさし上げますと言われちゃ、こっちも困るな。祝言が近いのに、横槍《よこやり》が入ったんじゃ面白くねえや」

「それはいいって、そのおばさんは言ってるの。おすぎさん、いいひとにめぐり会えてよかったことね、なんてやさしい声で言うのよ」

「なるほど、変なおばさんだ」

幸吉は白い歯をみせて笑った。

「それで？　おすぎちゃんの方はどうなんだい？　まるっきりおぼえはないのか」

「何にも。だって三つか四つのときの話でしょ？　その年ごろのことって、普通はおぼえているものかしら？」

「さあね。おれだってそんな小せえときのことはおぼえてねえな。清吉という子と喧嘩したとか、大家の家の裏庭にある柿《かき》を盗み喰いしたとかいうのは、もう六つ、七つのころのことだなあ」

「そうでしょ？　あたしも小さいときのことを知らないわけじゃないの。でも話してみると、それはみんな、いまのおとっつぁん、おっかさんに養われてからのことなのね」

「しかし何だな」

それまでにこにこしていた幸吉が、ふとまじめな顔になって言った。

「もしもおすぎちゃんが、何か思い出してよ。それで伊勢屋とかいう糸問屋の娘に違いねえってことになれば、こらやっぱり、ただじゃすまねえかな」

「なーに？　ただですまないって」

「つまりよ、そうなると身分が違うってことになるわな。裏店《うらだな》の職人になんぞ、嫁にやれねえなんてことにならねえかな」

「なに言ってんの」

おすぎは店の中を見回してから、膝《ひざ》のわきでそっと幸吉の手を握った。店は空《す》いていて、赤い毛氈《もうせん》の上に、ぽつりぽつり客が掛けているだけである。

「たとえどんなことがあろうと、あたしの気持は変わらない。幸吉さんの嫁さんにしてもらうほかはないもの」

おしまいの方は、ほんとに小声になった。すると幸吉が、黙ったまま握っていた手に力をこめて来た。すごい力で、おすぎは手が痛くなったが、自分も夢中で握り返した。

——結ばれた。

とおすぎは思った。これまでも冗談のようにして、幸吉に手を取られたことはあったが、こんなに強く手を握り合ったのははじめてだった。

二人はしばらく黙って手を重ねて坐《すわ》っていたが、釜場《かまば》の方から女中が来るのを見て、幸吉が立ち上がった。

「行こうか」

そう言っておすぎを振りむいた幸吉の顔がいくぶん上気している。おすぎも赤くなっていた。ふたりは、ちょっとまぶしげに眼を見かわしてから、店を出た。

幸吉によりそって歩いた。ほてった頰に、やわらかく吹きすぎる風が気持よかった。おすぎは、自分をしあわせだと思った。

「それじゃ」

両国橋の袂《たもと》のところで、幸吉は立ちどまった。

「やりかけの仕事があるから、送っては行かねえよ」

「いいわ」

とおすぎは言った。昼下がりの広小路にも橋の上にも、人があふれて動いていた。

二人は顔を見合わせて微笑した。

そして幸吉は思い切りよく背をむけると、橋の方に去って行った。幸吉は、深川の森下町に住んでいる。

――あっさりしたひと。

橋の上を遠ざかる幸吉の背を見送りながら、おすぎは何となく物足りない気持で、そう思った。大勢のひと眼があるのだから仕方ないが、それでも別れぎわにちょっとぐらい手を握ってくれてもよさそうなものだ。

そう思ったが、それで幸吉のやり方を不快に思ったわけではなかった。胸の中は満ち足りていた。幸吉の背が、人混《ひとご》みにかくれるまで見送ってから、おすぎは自分も足を返して歩き出した。

もどると家の中で話し声がして、伊勢屋のおかみが来ていた。名前はおのぶというひとである。そのひとは、おすぎを見るとにこにこ笑いながら言った。

「また、おじゃましてますよ」

おすぎは、はにかんで挨拶《あいさつ》した。

「いま、こちらのおっかさんにお聞きしたんですが、幸吉さんというひとに会いにいらしたそうで」

「はい」

おすぎは赤くなった。そうですか、と言っておのぶは眼をほそめた。

「腕のいい職人さんだそうで、おすぎさんもしあわせですね」

「……」

「ところで、今日はお願いに上がったのですけど」

おのぶは、やはり笑顔を絶やさずに言った。

「ちょっとだけ、おすぎさんをお借り出来ないかって、おっかさんにお願いしたんですよ。いえね、あなたがおいやでなかったら、深川のあたしの店までお連れしたいの」

おすぎは母親を見た。するとおまつはそ知らぬふりで、鉄瓶《てつびん》をさげて台所に立って行った。

「べつにどうということもないんですよ、おすぎさん」

おのぶはにこやかに言った。

「深川のあのあたりにお連れしたら、ひょっとして何かを思い出さないものでもない、と思ったりして。いえ、もう大体のところはあきらめておりますから、思い出して頂かなくともけっこうなんです」

「……」

「ただね、こうしてお知り合いになれたのも、何かの縁でしょうから、ぜひ一度家まで来ていただきたいものだ、とこの間から考えていましたのです」

「でも……」

「帰り道のことなら心配いりませんよ。もし遅くなったら、ちゃんと駕籠《かご》を頼んで送らせますから」

ちょっと、と言って、おすぎは客を残して台所に行った。昼もうす暗い台所の中に、おまつがぼんやり立っていた。

「おっかさん、いいって言ったの？」

声をひそめて、おすぎは言った。深川に行くなどということは気がすすまないので、自然になじる口調になった。

おまつは当惑したように、娘を見た。

「だってしようがないじゃないか。あんなに言うんだもの」

「あたしはいやよ。見も知らないひとが大勢いる家に行くなんて。おっかさんからことわってよ」

「そんなこと出来やしないよ、おまえ」

おまつは小さな声で、おすぎを叱った。

「あのひとは、お前を自分の娘だと思いこんじゃっているんだから」

「だからいやだって言うの」

とおすぎは言ったが、自分でことわる勇気はなかった。親子がとほうにくれた顔を見合わせていると、茶の間から伊勢屋のおかみのはずんだ声がした。

「そろそろ、どうかしらね、おすぎさん。あまり遅くなっても何だし。あの、そんなにお手間はとらせませんよ」

四

すぐに伊勢屋の主人というひとにひき合わされた。背が高く、がっしりした身体《からだ》つきの主人は、おのぶにおすぎを紹介されると、しばらく無言で、じろじろとおすぎを見た。おすぎは恥ずかしいよりも、その眼がこわくて、身体がちぢむようだった。身体を堅くしていると、主人が言った。

「なにしろ、十五年も前の話です。あたしはもうとっくにあきらめましてな。これにも、もうさがすのはおやめと言っているのだが、聞きません」

「……」

「あんたのことも、今度こそほんとの娘をさがしあてたような気がする、一度会えってうるさく言うから、それなら連れて来なさいと言ったのだが、あたしは本気にしてませんでした」

「あなた」

「大体十五年見つからなかった子供が、いまごろになって出て来るわけがない。あたしは、あの子はとっくに死んだものだろうと思っているのですが、それを言うとこれの機嫌がわるくなるので、好きなようにさせているのです」

「……」

「ま、しかしせっかくいらしたのだから、晩飯でも喰べて帰ってください。ごちそうは、家内が腕によりをかけて作るでしょうから」

来るんじゃなかった、とおすぎは思った。ここは裏店の叩《たた》き大工風情《ふぜい》の娘が、足を踏みいれる家じゃなかったらしい。

おすぎは、うつむいて唇を噛《か》んだ。主人の言葉から、いわれない屈辱をうけた気がしていた。主人が裏店の小娘など、歯牙《しが》にもかけていないのがよくわかった。しかもその口ぶりには、どこかおすぎを警戒する気配さえうかがえるではないか。

――好きこのんで来たわけじゃない。

おすぎの胸の中に、怒りが動いた。何も、こちらさんの娘とみとめてもらいたくて来たわけじゃありませんよ。そう思ったが、口には出せなくて、ただ顔をあげてきつい眼で主人を見た。

するとと腰を上げかけた主人が、気づいたらしく言った。

「おや、なにかお気にさわることを言ったかな。あたしゃふだんも口が悪くていつも家内に叱られている。ハ、ハ」

何か悪いことを言ったんなら、ごめんなさいよ、と言って主人は腰を浮かせたが、そのままの恰好《かっこう》で、おやと言った。主人は急に坐り直し、じっとおすぎを見た。やがてその顔に、あわただしい色が動いた。

「かあさん」

伊勢屋の主人は、そばの女房を見た。

「そう言えばこの子は、お前の若いころによく似てる」

「似ているどころか、そっくりですよ」

「さっきな、この子がちょいとあたしをにらんだ。その怒った顔が、お前そっくりだった」

「眉毛《まゆげ》と耳は、あなたに似てますよ」

「なになに？」

二人に、穴があくほど見つめられて、おすぎは息苦しくなった。あたしは見世物じゃない。

「あの、あたくしそろそろお暇《いとま》しませんと」

「まあ、まあ」

主人は手をあげて、うちわであおぐようなそぶりをした。

「待ちなさい。ちょっと待ちなさい」

叱《しか》りつけるように言うと、主人は大声で店から人を呼んだ。茶の間の入口に膝をついた小僧に、主人は若旦那《だんな》を呼べと言った。

すぐに、小僧と入れかわりに、二十半ばの若い男が茶の間に入って来た。主人に似た長身でがっしりした身体を持つ、色白の好男子だった。

「このおひとは？」

若い男は、坐っておすぎをみると、訝《いぶか》しそうに言った。

「この子が、ほら、こないだからかあさんの言ってた娘さんだ。おすぎさんというそうだ」

主人はそう言い、おすぎにも若い男をひき合わせた。

「これが跡取りの信太郎です」

おすぎは黙って頭をさげると、そのまま眼を伏せた。信太郎という若主人が、じっとこちらを見ているのがわかる。おすぎは、また息が詰まるような気がした。

「へーえ、そうなの?」

しばらくたって、信太郎がひとりごとを言った。

「なるほど。世の中は面白いな」

「どうかね、かあさんに似てないか?」

主人が言うと、信太郎ははっはっと笑った。そしてすぐに膝を浮かせた。

「店に重藤を待たせていますので」

「そうか。じゃ仕方ないな」

信太郎は、あっさり席を立ったが、茶の間を出るときに振りむいて言った。

「おっかさんも、ひょっとしたら今度は本物を掘りあてたかも知れませんよ」

晩ご飯を喰べて行けと言うのを振り切って、おすぎは伊勢屋を出た。それでも家の中を案内されたり、そのあと改めてお茶とお菓子が出て、主人夫婦にもてなされたりしたので、店を出たときは、西空に日が落ちかかっていた。

おのぶは駕籠を呼ぶと言ったが、おすぎはそれもことわった。

「でも、神田に帰るまでには、暗くなりますよ」

「平気です。それに駕籠なんか、あたしにはもったいないですから」

とおすぎは言った。伊勢屋の人間に対する反感からそう言っているのではなかった。

主人夫婦が聞くことに答えたり、お茶を飲んだりしている間に、店がいそがしそうな信太郎も、二度ほどあわただしく顔を出したりして、最後には打ち解けた空気になった。店を出るときは主人も信太郎も、また遊びに来いといったのである。

五

だがおすぎには、また来る気はなかった。一刻《いっとき》（二時間）ほど伊勢屋にいたが、当のおすぎは伊勢屋のおかみが期待したようなことは、何ひとつ思い出せなかったし、むしろ自分とこの家は、何のかかわりもないのだと思う気持が、強まるばかりだったのである。

伊勢屋のひとたちは、何か思い違いをしている、とおすぎは思った。駕籠を呼んでもらうのも気がすすまなかった。なるべく恩はうけない方がいい。他人なのだから、と思っていた。あるいはその気持が見えたのか、おのぶも強いてはすすめなかった。そうかえ、と言い、少し暗い顔になって口をつぐんだ。

相生橋《あいおい》のきわまで、おのぶは送って来た。そして菓子折りを差し出した。

「これ、おっかさんに差しあげてちょうだい」

おすぎは、その包みはすなおに受け取った。

「いただきます」

「このあたりなんですよ、あたしの娘がさらわれたのは」

おのぶが不意に言った。おすぎはおどろいてあたりを見回した。町の西、仙台藩蔵屋敷の森のあたりに日が沈みかけ、その光が、かたわらの仙台堀の水の上に無数の金粉をまき散らしているが、対岸の伊勢崎《いせざき》町のあたりは、すでに暮色につつまれていた。

仙台堀をはさんで、両岸に河岸地がつづき、二人が立っている相生橋は、仙台堀とずっと南の油堀をつなぐ堀割にかかっている。

遠い海辺《うみべ》橋のあたりに、いそぎ足の通行人が見えるばかりで、河岸にも二人がいる橋の前後にも人影はなく、町は静かに暮れようとしていた。

「時刻もちょうどいまごろでした」

橋の欄干に身体を寄せて、おのぶが言った。おのぶは対岸の伊勢崎町の方に、ぼんやりと眼を向けている。

「もうちょっと遅かったかも知れません。そのときあたしは、主人と喧嘩《けんか》して。ええ、とてもひどい喧嘩で、もうこの家にはいられないと思って、風呂敷《ふろしき》包みを抱えて家をとび出したのです」

「……」

「子供が、下の子のおすみが、泣きながらあとを追って来たのには気づいていました。でもあたしの気持は、そのとき夜叉《やしゃ》になっていたのです。子供なんか、なんだと思いました」

おのぶの頰に、目に溢《あふ》れた涙がつーッと伝い落ちるのが見えた。だが、おのぶは身動きもせず、遠い町を見つめたまま、言葉をつづけた。

「いっさんに走りました。そしてこの橋を渡って、あそこ……」

おのぶはゆっくり振りむくと、おすぎのうしろにひろがる永堀町の河岸のあたりを指さした。

「あのへんまで行ったとき、ちらっとうしろを振りむくと、ここにあの子が、おすみが立って、あたしを見送りながら泣いているのが見えました。おすぎさん、そのときあたしが何を考えたと思います?」

「……」

「あ、あんなとこに一人でおいちゃ、人にさらわれる。そう思ったのです。一度はそう思ったのですよ。でもまた夜叉の気持が起きました。あの男の、主人のことですよ、あの男の子なんか、どうなったってかまうものか。そう思いました。あたしはそのとき泣いている子供まで憎かったのです」

「……」

「そしてそのあと、どこをどう走ったか、あたしはおぼえていません。はっと気づいたときは、永代橋《えいたい》のそばにおりました。実家が霊岸島にありましたからね。そこへ行くつもりだったのでしょう」

「……」

「気づくとすぐに、おすみのことが頭に浮かんで来ました。ぞっとして、あたしは暗くなった町をここまで走って帰りました。でも、そのときはもう、子供はいなかったのです」

子供は橋の附近にも、家にもいなかった。伊勢屋では、子供はおのぶが連れて出たものと思いこんでいたので、そうでないことがわかると大騒ぎになった。

自身番にとどけ、近所の者を頼んで、深夜までさがし回ったが、子供は見つからなかった。次の日からは近くの町々まで人をやり、また舟を雇って川筋もさがさせたが、すべては無駄だった。

ひと月ほど経《た》ったころ、霊岸寺門前に住むひとが、子供がいなくなった日の夕方、三つぐらいの女の子の手をひいた男が、小名木川《おなぎ》の方に歩いて行くのを見たと、近くの自身番にとどけて出た。女の子は泣きながら歩いていて、連れは、四十前後の身なりのよくない大男だったという。それが聞こえて来たたったひとつの消息だった。男のことは、誰も知らなかった。

「それから、十五年……」

おのぶは不意に手で顔を覆《おお》った。すすり泣く声が、手の中から洩《も》れた。

「おばさん」

「おすぎさん、あなた……」

おのぶは、手をはずすと涙によごれた顔のままで、じっとおすぎを見た。

「ここに立って、何か思い出すことはありませんか。あたしには、あのときのおすみが、あなただと思えて仕方ないのです。あなたは巳之吉さんに拾われたとき、名前を聞かれておすぎだと答えたそうですね。でも巳之吉さんは、あたしの話を聞くと、ひょっとしたらおすぎじゃなくておすみと言ったのかなって、言ってましたよ」

「おばさん」

とおすぎは言った。おすぎは、自分の眼も涙でいっぱいになるのを感じた。

「お気持は、よくわかります」

「……」

「でも、ごめんなさい。私には何にも思い出せないんです。きっと、おばさんがさがしてらっしゃる娘さんとは違うからだと思います」

「おすぎさん」

「ごめんなさいね、おばさん」

おすぎは一度しっかりとおのぶの手を握ると、背をむけた。小走りに駆けて橋を渡りながら、おすぎは、なぜか悲しい気持が胸にこみ上げてきて、ぽろぽろ涙をこぼした。

永堀町の河岸まで来て振りむくと、仄暗《ほのぐら》い橋の隅に、じっとうずくまって動かない人影が見えた。

――仕方ないよ。嘘《うそ》はつけないもの。

そう思ったが、おすぎはもう一度新しい涙がこみ上げて来るのを感じた。涙をふきふき、うす暗い町を走った。

六

何ごともなく、おすぎは幸吉に嫁入り、翌年には子供を生んだ。男の子だった。幸吉は腕のいい職人で、品物の納め先の信用も固かったから、暮らしの心配はなかった。少しずつ金もたまって、村久の主人が言ったように、表に店を構えるのも夢ではないと思われた。

蠟燭《ろうそく》町の母親だけでなく、伊勢屋のおかみおのぶも、時どきおすぎの家をのぞきに来た。おのぶはまるで孫をあやすように、子供をかまって帰ったりするが、おすぎが自分の子供ではないかという話は、さすがにあきらめたらしく、ぷっつりと口にしなくなった。

「ばあさんが、外に二人もいるようで、にぎやかな家だぜ」

と幸吉は時どき笑う。おのぶは来るたびに子供に何か買って来る。それが裏店《うらだな》の子供には似つかわしくないような高価なものなので、幸吉はいくぶん気づまりに思うらしかったが、自分が肉親の縁に恵まれなかったせいか、女たちが顔を見せるのを一方では喜んでいるようでもあった。五年の歳月が流れた。

息せき切って、おすぎは走っている。怒りのために、頭に血がのぼり、眼がくらむようだった。

――女の気持なんか、ちっともわかっちゃくれないひとなんだ。

走りながら、おすぎは頭の中にうかんでいる幸吉の顔に、罵《のの》り声を浴びせた。喧嘩のもとは、ささいなことだった。親子三人で向嶋《むこうじま》に花見に行こうかという話が出て、おすぎはそのときに着て行く着物を買って来た。自分のと子供の分である。

幸吉はそれが気にいらないらしかった。自分のがなかったのでひがんだのかも知れない。一回こっきりの花見に、着物は買うことはねえ、と言った。ふだんケチン坊とも思えない男が、執拗《しつよう》にそのことにこだわって、おすぎを責めた。

はじめは冗談半分の口喧嘩が、いつの間にか本気になった。おびえて泣き出した子供のそばで、夫婦は大声で言い合いをした。花見なんぞ、やめちまえとしまいには幸吉は青筋を立ててどなった。

「わかりました。これ返して来ればいいんでしょ?」

おすぎも顔青ざめて言い返し、風呂敷に着物を包みこむと、外に走り出たのである。子供があとを追って来るのがわかったが、眼にも入らなかった。日暮れのうす暗さも気にしなかった。いっさんに木戸を走り出た。

——家になんか、もどってやるもんか。

荒々しい気持で、そう思った。実家まで行って、母に愚痴を言って来よう。晩飯の支度がまだだが、自分でこしらえて、子供と二人で喰えばいいんだ。さぞまごつくだろうが、少しは女房の有難味を知るといいんだ。

泣きわめく子供の声が追って来る。その声がだんだん遠くなるのを、おすぎは瘡《かさ》ぶたをはがすような、痛みをともなった快さで聞いた。

が、ふと足をとめた。子供の声が消えている。おすぎは立ちどまったままあたりを見回したが、町がすっかりうす暗くなって人通りも消えているのに気づいてぞっとした。不意に胸が早鐘を打った。

おすぎは、いま来た道を夢中で駆けもどった。悪い予感が頭をいっぱいに埋め、胸は心配ではち切れそうになった。荒々しい息を吐いて走った。

だが、角を曲ると、暗い塀ぎわに、子供が立っていた。吐息をついておすぎがその前にしゃがみこむと、子供はこぶしをかためて母親に打ちかかって来た。

「おっかあの、バカ」

「ごめんよ。おっかさんが悪かった」

おすぎは小さくやわらかい子供の身体《からだ》を受けとめ、またしくしく泣き出した子供をしっかりと胸に抱いて立ち上がった。安堵《あんど》が胸にひろがった。

そのとき、不意に眼の前のうす暗い光景が、真二つに裂けて、ある記憶がありありと甦《よみがえ》って来たのをおすぎは感じた。

おすぎは泣きながら、女のあとを追っていた。だが若い女は振りむきもせず橋を渡って走って行った。そして横町から不意に男二人が現われ、女を箱のようなもの、それはいま考えれば駕籠《かご》だったのだろうが、その中に押しこめてみるみる遠ざかって行った。

川が流れ、その上に夕映えの空の色が、かすかに残っている。泣き疲れて、欄干の間から川を眺めていると、そばに黒く大きい人影が立って言ったのだ。

「さあ、おいで。おっかさんのところに連れて行ってやろう」

そう言われて、おすぎの胸には、また悲しみがぶり返す。泣きながら男に手をひかれて歩き出した。二人は広く長い道に出た。仄暗い町をつらぬいてのびる、長い真直《まっすぐ》の道。歩いているうちに、道は闇《やみ》につつまれ……。記憶はそこで終っていた。

おすぎは、子供を抱いたまま町を走り、家に駆けこんだ。

「お前さん！」

「何だい、でけえ声を出しやがって」

顔を出した幸吉に、おすぎは子供を押しつけた。

「思い出したの」

「……」

った。

「小さいときのことを思い出したのよ」

へえ、と言ったまま、幸吉はとまどったようにおすぎを見た。おすぎはもどかしかった。

「あたしこれから行って来る」

「伊勢屋にかい？　もう暗いぜ」

「大丈夫よ。ここからなら、ひとっ走りだもの」

数日前、伊勢屋の信太郎が、ひょっこりと顔を出した。おのぶが風邪をひいて寝てる、と言い、これをとどけろって言われてね、とテレた顔で包みをさし出した。あとであけると、子供のおもちゃだった。

——思い出したことを話してやったら……。

あのひとが、どんなに喜ぶだろう、とおすぎは思ったのだ。おのぶを、母親と思う実感はまだ湧《わ》いて来なかった。だが、思い出したからには一刻も早く知らせなければいけないのだ。あのひとは、二十年待った。

背をむけたおすぎに、幸吉が言った。

「おい、また帰って来るんだろうな」

その言い方が、ひどく心細げだったので、おすぎは笑い出した。もどって幸吉の手を握った。

「あたりまえでしょ？　あたしはあんたの女房だもの。すぐもどるから待ってて」

だが、小走りに木戸を出たとき、おすぎはこみ上げる涙に頬が濡《ぬ》れるのを感じた。

暗い夜の道を、おすぎはひっそりと泣きながら、万年町にむかっていそいだ。

おばさん

一

およねは、死んだ亭主が下駄職人だったので、鎌倉河岸にある履物屋羽生屋《はにゅう》から下駄、草履の緒を作る内職をもらい、細ぼそと暮らしている。

五日に一度、およねは出来上がった履物の緒を風呂敷《ふろしき》に包んで背負い、羽生屋まで運んで行く。路地の井戸のそばを通りかかったおよねに、同じ裏店《うらだな》の庄助という男が声をかけた。

「これからかい、およねさん」

「ええ」

およねは声をかけられて、夢からさめたように井戸端を振りむき、そこに庄助と庄助の女房のおとみがいるのを見て、かすかに笑いを返した。

「元気がねえな、およねさんよ」

庄助は足を洗いながら、ちらちらとおよねを見た。庄助は日雇いである。

「まだご亭主が忘れられねえのは無理もねえがよ。死んだひとをいつまでもくよくよ思いつめるのはよくねえぜ」

「……」

「ご亭主が恋しくて眠れねえなんてときは、おいらを呼びな。いつでも慰めに行ってやるぜ」

およねは、またかすかに笑った。しかし返事はしないで、そのまま木戸をくぐって外に出て行った。

かがんで足を洗っている庄助の尻《しり》を、おとみは思い切りつねった。いてて、と言って庄助は背をのばした。

「何をしやがる、このあま」

「あんなこと言うもんじゃないよ」

「何でえ？　何のことだい？」

「ご亭主が恋しくなったらなんてさ。口が軽いったらありゃしない」

「何を怒ってんだい」

庄助は口をとがらせた。

「ずっとふさいでるからよ。近所のよしみで元気づけてやっただけじゃねえか。てめえは冗談もわからねえのかよ」

「冗談もひとによりけりさ。およねさんのような、生まじめなひとに、あんなこと言うもんじゃないよ、恥ずかしい。それに、もしも本気にされたらどうするつもりさ」

「へへーッ」

庄助は奇声を上げ、今度は小だらいに水を汲《く》み上げて、顔を洗った。そして立っているおとみの前掛けをたくし上げて顔を拭《ふ》くと言った。

「おめえ、嫉《や》いてんのか?」

「ばかばかしい」

とおとみは言った。

「そんなんじゃないよ」

「安心しなって」

庄助は、路地に人眼がないのを見さだめて、さっとおとみの尻を撫《な》でた。そしておとみが持っている鍋《なべ》を取り上げて家の方へ歩き出した。

「おれが、あんなばあちゃんを相手にするとでも思ってるのかい? こんな若くて美人のかみさんがそばにいるってのによ」

「いい気なもんだよ」

おとみは肱《ひじ》で、やわらかく庄助の脇腹《わきばら》をつついた。

庄助は三十二で、おとみは二十七である。庄助は女房の尻を撫でたことで、何となく今日の仕事の疲れを忘れたような気分になっている。二人はまだ若かった。日暮れどきで、もうひとも出ていないのを幸いに、二人はもつれ合うようにして路地の奥まで歩き、家に入った。

およねが三島町の裏店の近くまでもどって来たのは、六ツ半（午後七時）近いころだった。ついこの間までは、まだ外に子供の姿が見えた時刻なのに、少し秋めいて来たと思うこのごろは、六ツ半というと、あたりは気味が悪いほど暗くなる。懐《ふところ》に、羽生屋で頂いて来た金がある。およねはいそぎ足に歩いた。

だが鍋町の通りを横切って、家に近くなると、およねは足どりをゆるめて、のろのろと歩いた。誰もいない家の、暗い部屋が眼に見えたような気がし、そんなにいそいで帰ってもしようがない、と思ったのである。

およねは、今度正月を迎えると四十になる。若いころ二度身籠《みごも》ったが、二度とも流産し、そのあとも子供は生まれなかった。だが亭主の兼蔵が生きている間は、子供がいなくてもさほどさびしいと思わなかったし、自分が間もなく四十になるなどということを考えたこともなかったのである。

兼蔵は頼りがいのある男だった。無口な働き者だったが、子供を生めなかったおよねを、羽根でかばうようにいたわるところがあった。余分の手間が入れば、芝居にも連れて行ったし、町の祭礼や春の花見にも連れ出した。およねは兼蔵の羽根の下で、不足なく暮らして来たのである。

だが兼蔵は、ふっと引きこんだ風邪がもとで、数日高い熱を出したあと、あっけなく死んだ。この四月に一周忌を終ったばかりである。兼蔵が死んだあと、およねは雲を踏んでいるような気持で毎日を送ったが、その気分は一年以上過ぎたいまも、まだどこかに残っていた。

一人で飯をつくって喰べても仕方ない。そう思ってふっと食を抜いたりする。いまもおよねはそう思っていた。暗い家に入って、灯をともし、台所に立つのが、たとえようもなくわびしく思えて来る。

兼蔵が死んでから、およねは笑いを忘れた女になった。裏店のひとたちとも、めったに話すこともなかった。そういうおよねに気遣って、裏店の女房たちは、はじめは何くれとなく面倒をみ、気を引き立てようとつとめたが、およねが穴から出ようとせず、無理に仲間に入れようとすると、かえって辛《つら》そうにするのを見ると、だんだんに手をひいた。どこの家でも、それぞれ手にあまるような自分の家の事情を抱えていて、およね一人にかまけていることも出来なかったのだ。

だが、およねにはその方が気楽だった。出来上がった仕事を、夕方になってから運び出すようにしたのも、その方が裏店のひとたちと顔を合わせることが少ないと思ったからである。

それにしても、今日は帰りが遅すぎたようである。およねは木戸をくぐったとき、ほっとした。あちこちの家から灯のいろが洩《も》れているが、路地には人の気配はなかった。

およねは、いそぎ足に路地に入った。そして井戸のそばを通り抜けようとしたとき、羽生屋で借りた提灯《ちょうちん》の明かりの先に、何かが動いたような気がした。ぎょっとして提灯をさしむけると、井戸のそばに、人が倒れているのが眼に入った。若い男のようである。

「そこにいるの、だれ？」

およねはこわごわに呼びかけた。ほんとうはそのまま知らぬふりで行きすぎたかったのだが、そうすることはよけいにこわく、仕方なしに声をかけたのである。およねは声がふるえた。膝《ひざ》も少しふるえた。

すると倒れていた男が、腕をつっぱって身体《からだ》を持ち上げると、およねの方を見た。水を汲み上げて飲みでもしたらしく、そばにつるべの桶《おけ》がころがっている。

裏店の者ではなかった。およねが考えたよりもうんと若い、まだ二十ぐらいの男だった。男は、これもおよねが考えたのとは違って、心細げな声で言った。

「怪しい者じゃありません。どなたか存じませんが、喰う物を少し分けて頂けねえでしょうか」

二

およねは、飯をむさぼり喰っている男を眺めながら、時どきそんなにあわてないで、ゆっくりお喰べとか、ほら、こぼれたよとか言った。

男は見苦しいほどがつがつと喰い物をむさぼっていたが、汚れた身なりに似合わず、きちんと膝《ひざ》をそろえて坐《すわ》り、しつけのやかましい家に奉公していたことが窺《うかが》われた。顔もきりっと引きしまっている。

――湯屋にやって、着る物を着換えさせたら、見苦しくない若い衆になるわ。

およねは、女の眼でそんなふうに若者を品定めした。

三杯喰べて、男はまたおずおずと椀《わん》を突き出した。その動作に、やっと人心地がついた感じが出て来た。飯をよそってやりながら、およねはさっき話が途中になってしまったことを聞いた。

「そして親方さんの親戚《しんせき》をたずねあてて行ったら、どうしたって？」

「はい、すれ違いでした。親方はしばらく田舎にひっこむと言って、おかみさんと娘を連れて実家に帰ったそうです」

「田舎へ？　どこ？」

「小田原です」

数日前に、深川の瓢簞堀《ひょうたんぼり》のあたりで火事があったことは、およねも耳にしている。三間町《さんげんちょう》から元町の一帯にかけて、三十軒ほどの家が焼ける大火事だった。

忠吉という名前の、その若者はその時の火事で焼け出されたのである。元町の桶屋で働いていた職人だった。風があったので、火はあっという間に燃えひろがり、物を持ち出すひまもなく、町の者は身ひとつで命からがらに逃げた。そのときに忠吉は親方の家族ともほかの奉公人ともはぐれてしまったのである。

一夜が明けて、焼けあとにもどって見たが、知っている顔は見あたらず、親方の行方はわからなかった。その心細さは、たとえようがなかった。

仕方なく忠吉は大家を頼ったり、桶をとどけて顔見知りになっていたとくい先をたずねたりして、ひと晩の厄介になったり、喰い物を恵んでもらったりした。どこでもいい顔はせず、二晩とは泊めてくれなかったが、とにかくそうして喰いつないだ。

その間に、何度か焼けあとに行って見たが、親方の家族にも、奉公人仲間にも会えなかった。ほかの家は、ぼつぼつ焼けたあとを片づけて建て替えにかかっていたが、桶屋のあとはそのままだった。そうしているうちに、たずねて行ったとくい先の主人が、親方の身よりの者が小名木《おなぎ》川の南に住んでいることを教えてくれたのである。

「小田原って言うと、遠いねえ」

とおよねは言った。

「どうしてまた、急に田舎にひっこむ気になったんだろ？」

「親方は病気持ちでしたから。それに家も借店《かりだな》で、自分の家じゃなかったそうで、その気になったのかも知れません」

こうしてはいられない、と忠吉は思い、今日は麻太という通いの職人がこの三島《みしま》町のあたりに住んでいたのを思い出し、訪ねて来たのである。麻太をたずねあてて仕事を世話してもらうつもりだった。だが朝から足を棒にしてさがしまわったが、麻太の家は見つからなかった。

喰い物を持たず、朝から水ばかり飲んでいた忠吉は、この路地に入り込んで井戸の水を飲むと、そのまま倒れてしまったのである。

「お前さん、家はどこなの？」

「はい、三ノ輪《みわ》に家がありましたが、親が死んだもので、いまはもどるところはありません」

「そう。親も家もないの？」

およねは、胸の中で何かがことりと音を立てたのを感じながら言った。あたしにも子供がいたら、この若者ぐらいの年になっていただろう。

「あんた、年はいくつ？」

「十九です」

「で、これからどうするつもり？」

「仕方ありません。明日また麻太さんの家をさがします」

「今夜はどうするの？」

およねがそう言うと、忠吉は飯を終ってお茶を飲んでいた手を、はっとしたように下におろして茶碗を盆に返した。

「ええ、何とかなりますよ」

忠吉はわれに返ったように、膝をそろえ直した。

「すみませんでした、おかみさん。厚かましくお世話になっちまって。ご恩は忘れません」

「……」

「それじゃ、おいとまします」

「仕方ないね」

およねは立ち上がりながら言った。

「あんたもかわいそうだけど、見ず知らずのひとを泊めたりしたら、亭主がもどって来てびっくりするだろうしね」

およねは嘘《うそ》をついた。若者の人柄は、およそ見抜いたつもりだが、やはり赤の他人である。油断は出来なかった。

何度も礼を言って、忠吉という若者が出て行ったあと、およねは戸の内側に立ったまま耳を澄ました。少しずつ足音が遠ざかり、そのあとを追うように、かすかに風の音がした。およねはその風の音が、自分の胸の中にも吹きこんで来るのを感じ、またひとりぼっちになったと思った。

遠くで木戸が閉まる音がした。忠吉という若者はきちょうめんな男らしい。その音を聞くと、およねは不意にはじかれたように戸をあけて外に走り出た。

裏店を出ると、細い路地が隣の富山《とみやま》町との間を南に抜けていて、やがて表通りに出る。黒い人影が、重い足どりでその路地を歩いていたが、およねが呼びかけると立ちどまった。追いつくと、およねは息をはずませながら言った。

「ひと晩だけ、泊めてあげるよ。そして明日その麻太とかいうひとの家をさがせばいいじゃないか。ね？　そうおし」

忠吉を茶の間に寝かせてから、およねは行燈《あんどん》を台所に移して、ひっそりと遅い飯を喰った。

――仕事が見つかるまで、あの子を置いてやったって、かまいはしないのだ。

大家にことわりを言い、近所の者にもわけを話さなければならないだろう。ひどく億劫《おつくう》な気がしたが、たとえしばらくの間にしろ、気持の素直そうな若い男が、同じ家の中に住むことを考えると、およねは気分が軽くはずんでくるのを感じた。

――一人でいるよりはいい。

これまで亭主に頼りっきりで来た自分が、誰かに頼られるということも気持よかった。およねは、時どき物を嚙《か》むのをやめて、茶の間から聞こえて来る軽いいびきに耳を澄ませた。安心して眠っている。そう思いながら、およねは自分でも気づかずに、かすかな笑いを顔にうかべた。

三

麻太という、もとの職人仲間が見つかったのは、それから半月ほど経《た》ってからだった。

「それで、今日さっそくに仕事を世話してもらったんだ」

帰って来た忠吉は、元気よくそう言った。麻太は通い職人だったので、それまで通っていた忠吉の親方の家が焼けると、執着しないですぐに別の仕事先を見つけた。小網町にある桶安という大きな店だった。

忠吉がたずねあてて行くと、麻太はすぐに仕事先の桶安に連れて行き、親方にひきあわせて、腕のいい職人だから頼むと言ってくれた。

「ま、当分は見習いということで、手間も安いけどさ。これでおばさんの居候《いそうろう》をせずに済むよ。おれ、心苦しかったんだ」

「それはよかったじゃないか」

とおよねは言った。だが、これで忠吉が出て行くのかと思うと、さびしい気がした。忠吉を、しばらく家に置くと決めると、およねはすぐに、大家の新左衛門をたずねて許しをもらい、手続きをとった。忠吉がもと住んでいた町に、身もとをただすのにちょっと手間取っただけで、新左衛門は簡単におよねの願いを許した。

　それが済むと、およねは隣近所の女房たちにわけを話して回った。そんな若いひとを一緒に住まわせて、およねさん大丈夫かい、などとからかう女房もいたが、本気でそう言ったわけではなかった。そして誰しもが内心では、若い男であれ女であれ、誰かがおよねと一緒に住んでやるのはいいことじゃないかと思ったのである。

　およねはまだ四十前なのに、亭主に死なれてからは急に老《ふ》けこんだようになって、はかばかしく物もしゃべらずに、ひとを避ける様子なのを、裏店《うらだな》の者たちは陰でずっと気遣っていたのである。若い男をしばらく預かるという中身はともかく、裏店の女房たちは、およねがそうして人前に出て来てしゃべる気になったことを喜んでいた。

　若い男なんて大丈夫かい、と言ったのは、そういうおよねに対する景気づけだった。誰もそんな心配などしていなかった。およねは醜いというほどではないが、若い時分から十人並みにやっとの器量の女だったのだ。兼蔵に死なれると、髪に白髪がまじり、顔には小皺《こじわ》がふえた。背丈もなく、小ぶとりの女である。

　だがおよねにしてみれば、裏店の者たちに、そんなふうに思われはしないかということがいちばん心配だったのである。およねは躍起になって、そんなふうに言わないでおくれと頼み、あずかるといっても、忠吉というひとに仕事が見つかるまでのことだからと言いわけしたのだ。

あっけなく、その日が来たのだとおよねは思った。

「それで、その樽安《たるやす》とかいうお店に、住み込みになるんだろうね」

「桶安だよ、おばさん」

と忠吉は笑いながら言った。

「ところがそうはいかないんだ。大きなお店だけど住み込みの若い連中がいっぱいいてね。遠いところじゃなし、通いにしてくれと言われたんだ」

「おや、そうかい」

とおよねは言った。びっくりしたように、眼をみはった。

「そうなんだ。だから稼《かせ》ぎの手間はちゃんと出すからよ。当分はこの家に置いてもらえないかな」

「いいよ」

とおよねは言った。

「それなら当分、このままでいたらいいよ。でもそうなると、近所のひとたちにもう一度ことわりを言わなくちゃいけないね」

およねは考えこむように、ちょっと顔に皺を作ってそう言ったが、胸の中は喜びでいっぱいだったのである。

忠吉は毎朝、およねがつくった弁当を手にさげて、桶安の店に通うようになった。およねは戸口の外まで出て忠吉を見送り、その姿が木戸をくぐるのを見とどけると、はればれとした顔で、家の中にもどって勢いよく掃除をはじめるのである。

秋が深くなった。裏店の女房たちは、およねから事情を聞いているので、毎朝のおよねの見送りをひやかす者もいなくなったが、たまに冗談を言う。

「まるで親子じゃないか、およねさんよ」

「それなんだけど……」

およねは、女房たちにそう言われると、いくらか気恥ずかしそうな顔で言うのだ。

「あの子は手に職を持ってる立派な職人だし、こっちからは何とも言えないけどねえ。あの子が、この家に居ついて嫁でももらう気になってくれたら、どんなにいいだろうなんて考えちゃってさ。情が移るって言うのかねえ」

「……」

「あたしも最初の子を生んでいたら、ちょうど忠吉さんぐらいの年になってるものね」

四

忠吉が、めずらしく酒を買って来たのは、木枯しめいた風が吹く夜だった。

「ううッ、寒い、寒い」

忠吉はそう言いながら、家のなかに入って来たが、台所にいるおよねをみると、手にさげていた徳利《とつくり》を突き出した。

「今日はちょっといいことがあってね。酒買って来た」

「おや、いいことって何だろ？」

およねは徳利を受け取りながら言った。

「そいつはあとで話すよ」

「そうかい」

茶の間に入る忠吉のうしろから、およねは声をかけた。

「今夜は、あんたの好きな湯豆腐にしたよ」

そいつはありがてえ、じゃ湯豆腐で一杯やるかという忠吉の声が聞こえた。

――家の中にひとがいるっていうのは、ほんとにいいものだ。

およねは味噌汁《みそしる》に入れる青菜をきざみながら、そう思った。ついこの間まで、飯など喰ったり喰わなかったりしていたことが、夢のように思われる。いまは飯をつくるにも、家の中を拭《ふ》き掃きするにも張り合いがある。

――たとえ他人でも……。

一人でいるよりはいい。

近所の女たちにはあんなことを言ったが、およねはまだ、忠吉に養子話を切り出していなかった。譲ってやる財産ひとつあるでもない身分で、そんな話を切り出して、忠吉に逃げられでもしたらどうしようと思うのだ。

忠吉はまじめな働き者で、近所のひとたちにもほめられている。それだけに、およねはよけいにその話を出しにくかった。そんなことを言い出して笑われたらどうしようと思う。笑われるだけならいいが、それは話が違うと、さっさと出て行かれたりしたら立つ瀬がない。それぐらいなら、他人のままで、親切なおばさんと思われて、一日でも長く一緒に暮らす方がいい。

忠吉は、この家をいつか出て行くだろう。養子話などむしろ、その日を早めることはない、とおよねはとどのつまりいつもそう思ってしまうのである。

「おばさんも一杯やれよ」

と言って、忠吉はおよねに盃《さかずき》を指した。

「あたし？　あたしはだめ」

およねは手を振った。

「お酒なんか飲んだことないもの」

「そういうひとが、案外酒に強かったりするもんだぜ」

忠吉は無理におよねに盃を持たせて、酒をついだ。酒をうけながら、およねは言った。

「それよりいいことって何だったの？　聞かせておくれな」

「うん、それだよ」

忠吉は急に坐《すわ》り直した。

「おばさん、喜んでおくれ。おれ、今日本雇いにするって親方に言われたんだ」

「まあ」

「手間もぐっと上がるし、仕事だって、古桶《ふるおけ》の直しなんかはやらなくて済むんだ」

「まあ、よかったこと」

「みんなおばさんのおかげだよ。喰わしてもらって、着物をつくってもらって。第一あの時助けてもらわなかったら、おれ、いまごろどうなっていたかわからないもんな」

「おかげなんてことはいいよ。でも何しろよかったじゃないか。それじゃあたしも飲まずにいられないねえ」

およねはそう言って、ひと口酒をすすりこんだが、たちまちむせて、盃を置いた。忠吉があわてて立って来て、およねの背をさすった。咳《せき》がおさまって、およねは笑い出した。そして、こんなに大きな声で笑ったのは、ほんとにひさしぶりだと思った。

忠吉も笑いながら、自分の座にもどって言った。

「ほんとにだめなんだなあ。ほんのひと口でこれだからなあ」

「済まないねえ」

とおよねは言った。

だが忠吉は、自分で酒を買って来たくせに、それほど酒に強いわけでもなさそうだった。いい加減に飲むと真赤な顔になって、盃を伏せた。

「ご飯もらおうかな」

「あいよ」

およねは機嫌よく飯をよそった。あのことを切り出してみようか、と思ったのはそろそろ飯が終りに近づいたころだった。

酒を飲んだせいか、忠吉はいつもより喰べず、およねより先に飯を終った。その忠吉のために、喰べるのを途中にしておよねはお茶をいれた。

「ねえ」

およねは忠吉の顔色を窺《うかが》いながら言った。

「ひょっとして、あんたにその気があればのことだけど……」

「なんだい、おばさん」

「やっぱり言うの、やめようか。恥かくだけだから」

「変だな」

忠吉はお茶をすすりながら、眼で笑った。

「言いたいことがあるんなら言いなよ。おれに遠慮することはないだろう」

「あんたがねえ」

およねは、清水の舞台からとびおりるつもりで言った。

「このままこの家の養子になってくれたら、どんなに嬉《うれ》しいか知れないんだけど」

「……」

「嫁をもらってさ。あたしと一緒に暮らしちゃもらえないだろうね」

忠吉はうつむいた。

「だめかねえ、やっぱり」

「いや、少し考えさせてもらうよ」

顔を上げて、忠吉が言った。今度はおよねの方がうなだれて、残っている飯を噛んだ。

――やっぱり、口に出すんじゃなかった。

と思った。つい図に乗って言ってしまったが、もとをただせば、行きずりの他人にすぎないのだ。明日にだって、お世話になりましたのひと言で、行ってしまうかも知れないひとなのに。

その後悔は、その夜床に入ってからもつづいた。およねは、しばらく眠れずに路地を吹き抜けて行く木枯しの音を聞いた。だが、いつの間にかうとうととしたらしかった。

胸を押されたような気がして目ざめると、そばにひとがいた。およねは、手足をやわらかく搦《から》め取られていた。

「だれ？」

およねは恐怖に駆られて手を振りほどこうとした。さめた頭に騒然と木枯しの音がとびこんで来た。およねの胸に顔を押しあてたまま、男が言った。

「おれだよ、おばさん」

「忠吉さん、あんた何してるの？」

およねはようやく自由になった片手で、男の顔を押しのけようとしたが、忠吉はますますぴったりとおよねの身体《からだ》に抱きついて来た。濃い酒の香が、およねを惑乱させた。

「あんた、気でも狂ったか？」

「……」

「こんなおばあちゃんを、どうするつもりだね」

「おばさん」

忠吉は、およねの胸に首を突っこんだまま言った。

「嫁なんかいらないよ。おばさんだけいればいいよ」

バカな、とおよねは思った。こんなことをしたら、近所の物笑いになる。

およねは必死に抗《あらが》った。だが若い男の力にはかなわなかった。忠吉の手で、紐《ひも》をすべて抜き取られたとき、およねは力を抜いた。およねは胸の上に重く乗っている、忠吉の頭を抱いた。

忠吉の頭を抱いたとき、およねはふっと、生まれなかった子供をかき抱いたような気がした。およねは眼を閉じて、男のするままにまかせた。木枯しの音が、遠ざかって行った。

およねはきれいになった。肌につやが出て、髪を染めたので、ずっと若返ったようになった。着る物も小ぎれいになって、前に年より老けたように見られたころにくらべると、別人のようだった。

むろん裏店の女房たちには、何があったかとっくにお見通しだった。忠吉を見送るおよねをみても、親子みたいだなどという者はいなくなった。

「およねさん、近ごろ若返ったじゃないか」

女房たちは、多少はうらやましい気分もこめて、皮肉を言う。だが、およねは動じなかった。

「あら、何を言ってんだか」

けろりと言い返して家に入ってしまう。いつまでつづくものかねえ、と女房たちは陰でこそこそと評判した。むろん、およねもいつまでつづくものだろうか、と思っていた。忠吉はいずれ、やはりこの家を出て行くだろう。それはひょっとすると、明日のことかも知れなかった。

——親子ほども年が違うんだもの、仕方ないよ。

とおよねは思った。だがさしあたっての今日は、しあわせだった。

——あの子、いったいどういうつもりなんだろ？

内職の手をやすめて、およねは忠吉のことを思いうかべ、ふっとひとり笑いしたりする。

冬が来て、過ぎて行ったが、忠吉はまだおよねの家にいた。その家から、時どき二人のうれしそうな笑い声が洩《も》れて来て、通りすがりにその声を聞いたひとは、首をすくめてベロを出した。

そして春になったとき、その女が裏店にもどって来たのである。

五

夜のおかずを買って、およねが裏店《うらだな》にもどって来たとき、忠吉と女は井戸のつるべの陰に立っていた。

およねは、気づかないふりをしてその横を通りすぎた。すると、家の前に日雇いの庄助の女房が立っていた。

「あんなことをさせといて、いいのかい？」

おとみは、太い腰に両手をあてておよねをみると、ぐいと井戸の方に顎《あご》をしゃくった。おとみの丸顔は怒りで赤くなっている。

そういうおとみを、およねはおずおずと見る。

「あんなことって？」

「あの泥棒猫が、目の前であんたとこのナニをさらいにかかっているじゃないか。何とか言ってやんなくともいいのかってこと」

「何か言うっていっても……」

途方にくれたように、およねはつぶやいて顔を伏せた。

忠吉と一緒にいた女は、おはるという名前で年は十九。裏店の一番奥に住む左官の手間取り、甚平の娘である。十五のときに男をこしらえて家をとび出し、それからずっと男をだましたり、男にだまされたりして、親を泣かせて来た娘だった。

誰が父親かわからないような子供を孕《はら》んで、いまにもこぼれ落ちそうな腹をしてもどって来たこともあるし、病気になったところを男に捨てられたとかで、戸板に乗せられて家に担《かつ》ぎこまれたこともある。

そのたびに甚平と女房は、みるも気の毒なほどうろたえて走り回るのだが、娘の方はけろりとしたもので、身体が元にもどるとしれっとした顔で路地を歩き回り、裏店の男たちに媚《こび》を売ったりするのだ。

おはるは深川の場末で、飲み屋の女中をしている、と親たちは言っている。なに、女中なもんか。裾継《すそつ》ぎあたりで女郎をしてたって聞いたよ、などと陰口を聞く女房もいるが、そういう商売の波に洗われているだけあって、おはるは身なりも物言いも垢《あか》抜《ぬ》けし、顔も鬼瓦《おにがわら》のような甚平の娘とは思えない、目立つほどの器量をしている。淫《いん》乱《らん》娘の聞こえも高いのに、眼は黒ぐろとして、かがやくような肌を持ち、ますます色っぽくなる一方だった。

そういうおはるに声をかけられて仏頂づらをする男はいない。裏店の、たいがいは女房持ちの男たちが、つい頰の肉をゆるめておはるを相手に冗談口を叩《たた》き、あとで女房に尻《しり》をつねられたりする。

冗談を言い合うぐらいならまだいいが、おはるは一度、檜《ひ》物《もの》職人の文助にちょっかいを出したことがある。たまりかねて、文助の女房がおはるの家に乗りこんで行ったが、このときのおはるの、深川仕込みの啖呵《たんか》が物すごかった。

文助の女房も気の強い女で、あの小娘、一度ぶっ叩いてやるなどと息まいて出かけたのだが、手を上げるどころか、言い負けて泣きながら自分の家に駆けこむ始末だったのだ。おはるはいまも、ちょくちょく家にもどってきては、裏店の男たちからは色眼をつかって喜ばれ、女房たちからは蛇蝎《だかつ》のように忌《い》みきらわれているのである。

そのおはるが、今度は忠吉に眼をつけたのであった。路地でこそこそ話しているだけでなく、町の外で、二人が肩をならべて歩いているのを見たよ、とおよねに告げ口をする女房もいた。

女房たちは、およねが年がいもなく忠吉とおかしな仲になったことに眉《まゆ》をしかめていたが、どこかでこの二人のとり合わせを滑稽《こっけい》にも思っていたのである。だが、およねにさんざん世話になった忠吉が、よりによっておはるのような女とくっついて、いよいよおよねを捨てる気配が見えて来たことには、本気で腹をたてていた。

──だからって、どうしようもないじゃないか。

およねは一人で夜の飯を喰べ終り、台所の片づけにかかりながら、そう思っていた。忠吉はあれから、家にももどらずにおはるとどこかに出かけたらしく、帰って来る様子もない。また忠吉のために支度した夜のおかずが無駄になったが、こういうことは、もうひと月も前からつづいているのである。

おとみのようなことを言ってしまっては、身もふたもないことになる。茶の間にもどってひとりでお茶をいれて飲みながら、およねは考えつづけた。口に出してしまえば、忠吉は、待ってましたとばかりこの家を出て行くだろう。

——そして、またひとりになる。

およねはかすかに身ぶるいした。黙って、知らないふりをしていれば、忠吉はまだここを自分の家と思って、もどっては来ているのだから。そのうち、おはるの正体に気づいて、切れてくれないものでもない。

およねは考えに疲れて、睡気《ねむけ》が兆《きざ》してくるのを感じた。だが、忠吉がもどって来るまでは、起きて待っていようと思った。およねは火鉢のふちに手をかけて、こくりこくり船を漕《こ》ぎはじめた。時どきはっと目ざめてあたりを見回す。まだ忠吉がもどっていないのをみると、たとえようもないさびしさに襲われたが、また睡気の方が勝った。およねは首を垂れて眠った。

ひとの気配に目ざめると、忠吉が立っていた。およねはあわてて居住いを直し、髪をなでつけた。

「おかえり」

「さきに寝てればよかったんだ」

忠吉は不機嫌に言って、どしりと火鉢の向う側にあぐらをかいた。酒の匂《にお》いがしたが、およねは気づかないふりをした。

「ご飯は？」

「喰って来た」

忠吉は、およねがいれたお茶を、乱暴にすすりながら、何か考えこむような顔をしていたが、不意に笑顔になって言った。

「おばさん、前におれに養子になってここで嫁をもらえと言ったよな」

「……」

「まだその気があるなら、おれ、そうしてもいいと思ったんだが……」

「相手はどんなひとだね……」

およねは胸の動悸《どうき》が高まって、息苦しくなるのを感じながら、静かにたずねた。

「わかってるんだろ、おはるだよ、おはる」

「バカ言っちゃいけないよ」

およねは低い声で言った。

「どうしてさ。あいつここじゃずいぶん悪く言われてるらしいが、話してみると気のいい女だぜ。おばさんには、さんざん世話になったから、いまさら捨てるわけにゃいかないって、おれは言ったんだ」

「……」

「そうしたら、あいつ、きちんと面倒みるって言ったぜ。おれもよ、そうなったら表に一軒家を借りてよ。ちゃんと暮らしをたてなきゃと考えてるんだ」

「ありがたいけど、その話はなしにしとくれ」

「なしにしろって、養子話かい？　それともおはるのことかい？」

「養子の話だよ。おはるさんのことは、あたしは口出ししないよ」

「そうかい」

忠吉が胸を起こした。およねはその動きで、忠吉が一度に自分から遠ざかったような気がした。

「それじゃ、おばさんと一緒に住むわけにゃいかないな。おれ、出て行くしかないぜ」

「ああ、出て行っておくれ」

およねは少しふるえる声で、きっぱりそう言った。

「その時が来たんだろうからね」

その夜、床に入っても、およねは眼が冴《さ》えるばかりだった。忠吉を養子にと思ったことはある。だが、それは遠い昔のことなのだ。その考えをぶちこわしておきながら、忠吉はいまそのことをどう思っているのだろう。およねには忠吉の気持がわからなかった。

だが、はっきりとわかっていることがあった。お情けで、面倒をみてもらうわけにはいかないということだった。いくら意気地《いくじ》なしだって、これだけは譲れないという意地まで捨てるわけにはいかない。

眠れないままに、およねはいつの間にか、台所にある出刃包丁のことを考えているのに気づいた。今夜にでも、すぐ出て行くかと思ったが、忠吉はそうはしないで茶の間に寝ている。聞き馴《な》れた軽いいびきの音がしていた。

だが、忠吉は明日は出て行くだろう。そして二度と帰って来ないのだ。そう思ったとき、およねの頭の中に、また包丁がちらついた。だがその考えに疲れはて、あたしには、とうていそんなことは出来やしないと諦《あきら》めがついたころ、およねに深い眠りがおとずれた。

忠吉がおよねの家を出て行くと、間もなくおはるも裏店から姿を消した。何があったかはおよねに聞かなくともわかっている。裏店の者たちは、気の毒そうに遠くからおよねを眺めるばかりで、しばらくは声をかける者もいなかった。声をかけかねるほど、およねは老《ふ》けこんでしまっていた。染めることもなくなった髪は、前よりも白髪がふえて、暮れ刻《どき》に路地ですれ違ったりすると、老婆《ろうば》かと思うほどだった。ひとの話にも加わらず、洗い物で井戸端に出て来るときも、ひとがいない時刻を見はからってこっそり済ますのである。数日ひとの前に姿を見せないこともあった。

ある日の夕刻、井戸端にいたおとみは、下駄屋からもどって来たおよねを見かけて、思い切って声をかける気になった。

「いつまでくよくよしてもはじまらないよ、およねさん」

おとみは水で濡《ぬ》れて赤くなった手を、胸の前でいじりながら、考え考え言った。

「若い衆ってのはさ。自分のことしか考えやしないんだから。そういうものなんだと諦めるしかないのさ」

「……」

「あたしだってさ。いまの亭主と一緒になるときに、親に反対されてねえ。さんざ泣かれたけど、そのときは親のことなんぞ、頭になかった。いずれ自分が親の身になって、今度は泣く番に回るんだろうけど、若いときはそんなことわかりゃしない。手前勝手にやりたいことをやっちまうんだよね」

「……」

「若いもんのことは諦めなよ、およねさん。元気を出しなって」

およねはうなずいて、かすかに笑った。そして足音を立てずに、家の方に遠ざかって行った。

亭主の仲間

一

　帰って来た辰蔵《たつぞう》が、めずらしく機嫌のいい顔をしているのに気づいて、おきくはどうしたの、と言った。

「仲間ができてよ」

　おきくが水を汲《く》んで出した盥《たらい》で、足を洗いながら、辰蔵は言った。

「安之助という名前だけどよ。こないだからおれたちの組に入って来た奴《やつ》で、気持のいい男だ。もとはどっかいいとこの坊ちゃんらしいんだが、細っこいなりをしてるのに、もっこをかつがせても鍬《くわ》を握らせても一人前以上の力を出しやがる」

「……」

「それに、おっとりしているくせに、けっこう話がうまくてな。一服している間の、奴の話が面白くてよ。みんなの人気者になっちまった。その安之助がよ」

　足を拭《ふ》いて、どっこいしょと上にあがりながら、辰蔵は言った。

「住居を聞くから、御簞笥町《おたんすまち》だと言ったら、おれも近くの金杉に住んでたことがあるなんて言ってよ。よろしく頼みますって仁義を切ってよ」

「仁義ねえ」

おきくは台所にもどりながら、つぶやいた。亭主に知れないように、そっと溜息《ためいき》をついた。

辰蔵は、三年前までは、御蔵前の元旅籠《はたご》町裏に小さくとも店を持っていたのである。商売は唐物屋と言っていたが、中身は古道具屋だった。それでも、父親の代からの固いとくい客などもあって、さしてはやりもしないが、日々の暮らしに困らないほどの商いはしていた。その店が、あっけなく人手にわたった。

そうなったもとは、辰蔵の母親の長患《わずら》いだった。腹の中に腫物《はれもの》があるという難病で、父親をはやく亡《な》くしている辰蔵は、母親の病気をなおすために、医者よ薬よと、惜しまず金を使ったのである。

金に窮して、知り合いから金を借り回っていたのは、おきくも知っていた。だが辰蔵がいつの間にか高利の借金にまで手を出し、先方の言いなりに判を捺《お》して家屋敷まで抵当に入れていたことまでは、姑《しゅうとめ》の看病にかまけて気づかなかったのだ。

姑が死ぬと、待っていたように借金取りが押しかけて来た。それは野犬の群れが獲《え》物《もの》を奪い合うのに似ていた。商売の品が持ち去られ、家の中の物が持ち去られ、最後にあっという間に、夫婦は家の外にほうり出されてしまったのである。おきくは、その有様を見ないで死んだ姑は、しあわせな人だったと真実思ったほどである。

夫婦は、古くからのおとくいの口利《くちき》きで、いまの裏店《うらだな》に引越し、辰蔵は大家や裏店の者の世話で、左官や大工の間に合わせ仕事に雇われたり、日雇いに出たりし、おきくは家の中で団扇《うちわ》貼りや賃縫いの内職をこなして、ほそぼそと暮らして来た。

慣れない手に鍬を持ったり、もっこをかついだりする仕事に、辰蔵ははじめのうちは音を上げ、一日働きに出ると二日休むという体《てい》たらくだったが、慣れというものは大したもので、近ごろは仕事のことで苦情を言ったりすることもなくなった。人に使われる下職よりも、日雇いの方が気楽だなどと言って、ここ一年ほどはずっと日雇い仕事に出ていた。

おきくはそれはそれでほっとするのだが、亭主が気持まですっかり日雇いになり切って、さっきのように仁義などという言葉を口にするのを聞くと、いささか気持が滅《め》入《い》るのである。

亭主の辰蔵にも言わず、むろん借金取りにもひた隠しに隠したが、おきくは潰《つぶ》れた家を出るとき、肌に抱くようにして十両あまりの金を持ち出している。

姑が死ねば、借金取りが押しかけて来ることは眼にみえていたから、隠しておいた金目の品を、直前に懇意な客に持ちこんで処分してもらい、それだけの金を残したのである。

それだけの金で、また店が開けるとは思えなかった。だが、運が尽きてなければ、ひょっとして店を持つような話でも出て来たとき内職で少し殖《ふ》やしたその金は何かの足しになるだろうと、おきくは思っている。

日雇い仲間の話など、あまり聞きたくはなかった。おきくは、辰蔵にもいつかはもう一度店を持とうというような話をしてもらいたいのである。だが辰蔵はむかしの商売のことなど忘れたという顔をしていた。二の腕や首のあたりに、気味が悪いほど固い肉がつき、店の話などにおきくが水を向けても、いい顔をしなかった。すぐに話をそらせた。

「なにしろ、気持のいい男だぜ」

茶の間で、辰蔵はまだ安之助とかいう日雇い仲間のことを言っていた。

「そのうち、一ぺん家に引っぱって来るからよ」

「いいよ、そんなひとを連れて来なくとも」

とおきくは言った。

「どうしてだい？　会えばお前だってきっと気にいるぜ」

「いくつぐらいのひとなの？」

「まだ二十過ぎだろうさ。日雇い日雇いとバカにしたもんでもないな。あんな人ずれのしてねえ若い衆も、それで喰ってんだからな」

何を言ってんだか、とおきくは思った。ちょっと目立つような若い男が働いているからって、それで日雇いの格が上がるわけでもなかろうに。

辰蔵は三十である。どこの世界にも人気者というものはいるものだが、どうやらみんなに気に入られている年下の人気者に声をかけられて、家まで顔をほころばせて帰って来た亭主を、おきくはやはり甘い男だと思う。だから借金がたまると、ひとがんばりもできずに、家屋敷を明け渡してしまったのだ。

明日にも家を明け渡せと凄《すご》む高利貸しに、おきくは半狂乱になって立ちむかい、むしゃぶりついて足に嚙《か》みついてやったのだが、その間も辰蔵は、首うなだれてひと言も言い返せなかったのである。

「そんなひとのことなどはいいからさ。怪我《けが》しないように働いておくれ」

かまどの火のぐあいを確かめながら、おきくはそう言った。だが辰蔵はそれには答えずに、あくびまじりに言った。

「飯はまだかい。腹へったよ」

二

二、三日過ぎて辰蔵はまた、帰って来ると安之助というのは、ほんとに気持いい男だぜと言った。

与五と呼ばれている年寄りの日雇いがいて、もっこ担《かつ》ぎになるとみんなは与五と組むのをいやがった。力がなくて沢山はかつげない。だが与五に調子をあわせていると、かならず小頭の目にとまって叱《しか》られるからである。与五は叱られ慣れているから何ともないが、組んだ相手はたまらない。与五と、尻《しり》を叩《たた》けばいいと思っている小頭の両方に腹を立てる。

その与五と、安之助は組んでもっこを担いでいるのだと、辰蔵は言った。

「もっこを、ずっと自分の方に寄せてよ。年寄りをいたわってるんだ。あれじゃ、安之助が一人で担いでいるようなもんだから、与五はこたえられねえや。にこにこしてるよ」

「へえ」

とおきくは言った。若くて人柄がいい日雇いに、いくらか反感が湧《わ》いている。

「そんな立派な心がけの若い衆が、何で日雇いなんかしてるのかねえ」

だがその皮肉は、辰蔵には通じないようだった。

「狭いとこだが、一度遊びに来いよって言ってあるんだ。そのうち家に連れて来るからな」

「客を呼ぶような家じゃないよ、この家は」

とおきくは言ったが、辰蔵はきっとその若い男を連れて来るに違いないと思った。

店を持っていたころ、辰蔵にも町内の若い連中とのつき合いがあった。祭りだ、どこその参詣《さんけい》だと、けっこう一緒にさわぎ回っていたのである。

だが追われるようにして町を出たあとは、辰蔵は慣れない仕事で日を送って来た。昔と違う世界では、気を許した仲間づき合いというものも生まれなかったようである。それが、どうにか日雇い仕事に腰を落ちつけ、話の通じる仲間もできかかっている様子なのだ。それがうれしくてならないというふうに見えた。

「お前のことも言ってやったんだ。ちょっとした美人だよってな」

「バカなことを言うもんじゃないよ。気色悪い」とおきくは言った。

「女房を自慢したりすると、人に軽くみられるよ」

「なあに、あいつはそんな奴じゃねえよ」

と辰蔵は言った。

その安之助を、辰蔵がほんとに連れて来たとき、おきくは、あら、亭主が言ったとおりだったと思った。身なりをべつにすれば、商家の若旦那《だんな》のような風采《ふうさい》の男だったのである。辰蔵が、仲間だ仲間だと言った気持がわかるような気がした。安之助はすらりとした身体《からだ》つきで、男ぶりもよかった。おっとりした口を利き、話しながら、感じのいい笑顔を見せた。突然にじゃまして、としきりに恐縮してみせるのも感じがよかったし、辰蔵が、せっかく友だちを引っぱって来たのだから、酒買って来いと言ったのに、いえ、あっしは酒を飲みませんからと断わったのも、おきくの気に入った。

「じゃ、せめてごはんだけでも、喰べていらっしゃいよ」

おきくはそう言い、恐縮する安之助にかまわずに、外に肴《さかな》を買いに走った。あのひとなら心配ないわ、とおきくは思い、あんな小ぎれいでおとなしそうな、頭だってよく回りそうにみえる若者が、何で日雇い仕事などしているのだろうと不思議にも思った。

「育ちは悪くなさそうな人じゃないか。挨拶《あいさつ》だってちゃんとしてたしさ」

その夜、安之助が帰るとすぐに、おきくは辰蔵にそう言った。気持のいい客を帰したあとの、ちょっとした昂《たかぶ》りが家の中に残っていた。安之助は芝居をよく見ていて、また江戸の名所といった場所にくわしく、話が倦《あ》きなかった。おきくはひさしぶりに、以前見た芝居の話などをした。こんなことは、裏店住まいをするようになってから、はじめてのことだった。

「どんな家の人かしらね。何か事情があって日雇いをしているというふうに見えるけど、聞いたことない？」

「聞いたさ。だけど言わねえんだ、あいつ。そこがあいつのいいところだな。おれなんか、人間が浅いからぺらぺら昔のことをみんなしゃべっちゃったけどな」

辰蔵は、亭主のいうことをなかなか信用しなかったおきくが、ひと目見て安之助を気に入ったらしいのが満足そうだった。

安之助が帰ったあと、居ぎたなく寝そべっていた辰蔵が、起き上がってあくびをした。そろそろ寝ようかとおきくも言った。

辰蔵が雇われている仕事は、上野山内の仕事である。溝《みぞ》を掘ったり、石垣を積み直したり、新しく道をつくったりしていて、半年ぐらいはつづくと言われていた。

日雇いと言っても、前から顔のつながっている親方の手で入っているので、半年は常雇いのような形になる。当分喰うに困らないのは有難いが、役所の仕事なので刻限にきびしかった。朝遅れたりすると、さっそく睨《にら》まれる。

明日も早いからね、と言って、おきくが夜具を敷きに隣の寝間に立ったとき、外でただならない人声がした。

「何だい？」

辰蔵が臆病《おくびょう》そうな眼で、おきくを見た。おきくは夜具に手をかけたまま耳を澄ませたが、つづいて聞こえて来た、女の泣き声を聞くと、

「あの声は、おくらさんだよ」

と言った。何だろうな？と辰蔵は不安そうに言ったが、あんた、出てみなよと言われるとようやく立ち上がって外に出て行った。

おきくが夜具を敷きおわって土間に降りたとき、外から辰蔵が走りもどって来た。

「どうしたの？　何だったの？」

「岩さんが、誰かに殴られたんだ。ひどい傷だよ」

岩吉というのは、二軒おいた先の下駄職人である。下谷《したや》にある鍵徳《かぎとく》という店に、通いで働いているおとなしい四十男だった。岩吉の女房がおくらである。

三

　おきくは履物をつっかけて外に出た。辰蔵もあとについて来た。そのときには、裏店の家のあちこちから人が出て来て、岩吉の家の戸口は人でいっぱいになっていた。

　おきくは、人のうしろから茶の間をのぞきこんだ。

　着ている物が泥まみれになった岩吉が、仰向《あおむ》けに寝ていて、そばに岩吉の家の隣に住む常岳坊という祈禱師《きとうし》と、こちら隣の又七夫婦、それに岩吉の女房のおくらがいた。部屋の奥に、それまで寝ていたらしい子供たちが三人、びっくりした顔で立っていて、一番末の女の子はおびえて泣いている。

　おくらも泣きながら、亭主の顔を濡《ぬ》れ手拭《てぬぐい》で拭き、又七の女房も手足を拭いていた。おくらの手拭が真っ赤になったのは、岩吉が怪我《けが》をして血を出しているからだとわかった。

　だが、岩吉は顔を寄せて話しかける常岳坊に、何か答えているらしく、口もとが動くのが見えた。

「ああ、みなさん」

岩吉から顔を離した常岳坊が、土間まで入りこんでいた裏店の者に顔をむけた。常岳坊は夜なので白衣姿ではなく、よれよれの浴衣《ゆかた》をまとっていて貫禄《かんろく》がなかったが、声だけはいつものしかつめらしい調子で言った。

「ああ、かなりひどい怪我をしておるが、命に別状はない。医者もいらん。あとはわれわれが面倒みるから、引きとってください」

その声にうながされて、裏店の者たちはぞろぞろと表に出た。だがそれですぐに家に引っこむ者は少なく、あっちにかたまりこっちにかたまりおしゃべりをはじめた。裏店の者たちは、突然の出来事に気が立っていた。

おきくもその中に加わった。

「ねえ、ねえ、聞いたかい？」

目ざとくおきくを見つけた、おかねという女房が話しかけて来た。

「いいえ、何にも。あたし遅れて来たから」

「そこの道でさ」

おかねは勢いよく身体を回して、木戸の外の路地を指さした。おかねは左官の下職をしている弥十の女房で、裏店一番のおしゃべりだった。

おかねは、いつの間に、誰からと聞く者がおどろくほど、よその家の内幕の話を聞きこむのが早く、くわしかった。裏店の家のどんなささいな夫婦喧嘩《げんか》も、子供のおねしょぐせも、おかねの耳をのがれることはできない。おかねの聞きこみは、近ごろは裏店ばかりか、木戸の外の家々の内情にまでおよんでいて、表の古手屋はよく繁昌《はんじょう》して、家の中も福々しそうに見えるが、あれで嫁姑の仲が悪くて、旦那が苦労しているそうだとか言う。

そういうおかねを、裏店の者は陰で目ひき袖《そで》ひきして、あのひとの前じゃ、何にもしゃべっちゃいけないよ、などと言うのだが、いざ面とむかっておかねから、よその家の裏話を聞かされると、眼を光らせ、唾《つば》をのみこんで夢中になって耳を傾けるのだ。

「表に出るちょっと前のところで、若い男とすれ違ったらしいんだよ、岩さんがさ」

とおかねは言った。おかねは話しぶりも上手なので、おきくもほかの者もかたずをのむ。

「背のすらりとした、若い男だったんだって、それがすれ違ったとき、ちょっと肩のあたりが触れたらしいんだよ、岩さんと。そしたら物も言わずに殴りかかって来たんだって」

「まあ」

「岩さんはすぐにあやまったそうだよ。べつにわざと触れたわけじゃなくてさ。道が狭いからちょっとぶつかっただけのことだけど、若い男の剣幕がすごいから、すぐあやまったと言ってたよ」

「……」

「でも、相手はきかずに岩さんをさんざ殴っちゃ蹴倒《けたお》して、倒れたあのひとを、念入りに足で踏みつけて逃げて行ったらしいよ」

「おお、こわ」

と一人が言った。それだけのことを誰に聞いたかと、おかねにただす者はいなかった。おかねの話は、いつも正確で、いい加減なところがないので信用されているのだ。おそらくおかねは、おくらの声ですぐに外にとび出し、岩吉を家の中にはこび込む間に、すばやくそれだけの話を仕込んだに違いなかった。

「若い男って、このあたりのもんかね？」

「暗くて、顔は見えなかったたって」

「ほかに、人はいなかったのかしら？」

おきくも聞いた。こういう質疑応答ほど、おかねを喜ばせるものはない。おかねはうれしそうに答えた。

「それがあいにく、ほかには誰も歩いてなかったたってさ。岩さんもとんだ災難だよ」

おきくは、気になるものが、少しずつ胸を圧迫して来るのを感じながら、また聞いた。

「ついさっきのことでしょ?」

「つい、さっきのことさ。岩さんは男が表通りに出て行くのを見るとすぐ這《は》うようにしてもどって来たんだから」

こんな静かな場所で、今夜のようなことがあるんじゃ、夜になったら外も出歩けないよ、とまたひとしきり口を動かしはじめたおかねから離れて、おきくは家にもどった。辰蔵があとからついて来た。

「お前さん、いまの話を聞いた?」

土間に入って戸をしめ、しっかりと心張棒をかってから、おきくは辰蔵に言った。辰蔵もおきくのうしろにいて、おかねの話を立ち聞きしていたのである。

「ああ、聞いた、聞いた。世の中には妙な野郎もいるもんだよ。ちょっと肩がさわったぐらいで、ひとをあんな目にあわせるなんて」

「まさか、あのひとじゃないでしょうね?」

とおきくは言った。

辰蔵は、火のない長火鉢のそばにあぐらをかいて、出がらしのお茶をすすったが、その声で、茶の間の入口に立っているおきくを見上げた。

「何のことだい？」

「だって、若い男だって言ったでしょ。背のすらっとした若い男だって」

「冗談言っちゃいけねえよ」

と辰蔵は言った。辰蔵は笑い出した。

「何のことかと思ったら、そんな心配かい。冗談じゃねえ。安はそんなことをやる男じゃねえよ。力はあるが気のやさしい男だよ」

「あたしだってそう思うけどさ。あのひとが帰ってすぐあとでしょ？　路地は表まで一本道だし」

「バカなことを考えるんじゃねえよ。背が高い若い男たって、世の中にはごまんといらあな」

「それはそうだけど」

「何だったら、明日安に確かめてみようか」

「よしなよ。そんな話はしない方がいいわよ」

おきくは何となくあわててそう言った。そのまま台所の片づけにかかるおきくのうしろで、辰蔵が、変な女だな、何をくだらねえ心配してやがるんだとつぶやいたのが聞こえた。

思いすごしだ、とおきくは水を使いながら思った。人好きのする笑顔で、楽しそうに話して帰った安之助という男の顔を思い出していた。真黒に日やけしていたが、唇が女のようにぼってりして、もとをただせば相当の家の次男坊か、三男坊。そんな坊ちゃん顔だったという印象は動かない。だがそう思いながら、おきくは執拗《しつよう》な不安感が胸にさわいで、静まらないのを感じた。

四

帰ったよ、と言う辰蔵の声に、土間をのぞいたおきくは、亭主のうしろに安之助がにこにこ笑いながら立っているのを見て仰天した。

あわてて内職の縫物を部屋の隅に片づけてから、声をかけた。

「どうぞ、おあがりなさいな。いますすぎを出します」

部屋に上がると、この間はすっかりごちそうになって、と安之助は神妙に礼を言った。

「まあ、まあ、ごちそうだなんて、おはずかしい。いま、お茶をいれますから」

おきくは台所に立って、髪を撫《な》でつけた。一瞬の驚きはさめて、胸に安堵《あんど》がひろがるのを感じていた。

この間の夜の事件が、もし安之助がしたことだったら、まだ日が残っている明るいうちに、のこのことこの裏店《うらだな》にやって来られるものではあるまい。そうも思ったが、おきくを安心させたのは、安之助の邪気のない笑顔だった。おきくを見た眼にも、何のかげりも見えなかった。

――やはり別人だったのだ。

そう思いながら、おきくはいそいでお湯を沸かし、お茶の支度をした。

茶の間に行くと、辰蔵と安之助が笑いながら話していた。

「何の話ですか？」

おきくはお茶をすすめながら割り込んだ。

「与五の話さ。ほら、話しただろ？　安さんが面倒みてるって年寄りのことを」

「ええ、ええ」おきくはうなずいて、安之助に笑顔をむけた。

「みんなにいやがられてるって言うんでしょ、そのひと。それを安之助さんがかばってるとか」

「かばってるなんてこともないですよ。そんな立派なことをしてるわけじゃありません」

「ところが、与五の方は安さんにすっかり惚《ほ》れこんじまってよ」

と辰蔵が口をはさんだ。

「婿《むこ》に来てもらえねえかと言ってるんだ」

「安之助さんにですか?」

おきくは、ちらと安之助を見た。

「そうだよ。それで毎日安さんをくどくんでこのひともすっかり弱ってんだよ」

男二人は顔を見あわせて、くすくす笑った。

「娘さんがいるんですか、そのお爺さんに」

「いることはいるんだが、それが嫁に行きそびれた、その、何とか言うじゃないか?」

「縁遠いひとなの?」

「それそれ。縁遠くて二十三になっちまったという娘だ。安さんより年上だったよな?」

「二つ年上ですよ」

「それでも器量でもよけりゃ、話は別だわな。ところがそうじゃねえ。与五の家のことを知ってる仲間の話によると、不器量で誰もふりむきもしねえような女だそうだ」

「それじゃ、安之助さんがかわいそうだわ」

とおきくも調子をあわせた。

安之助は楽しそうに話した。酒がいらない客だから、おきくも気楽だった。ただ日が落ちて、そろそろ飯刻《めしどき》である。この前のようにご飯を喰べさせたらいいのかどうか。おきくが、その思案を頭にうかべたとき、まるでその気持を読みとったように、安之助がひょいと腰をうかせた。

「どうも、突然におじゃましまして」

「あら、まだいいじゃありませんか。何でしたら夜のご飯を……」

「とんでもございません、おかみさん」

安之助はそそくさと立ち上がった。辰蔵とおきくは上がりがまちまで立って見送った。安之助はせっかく洗った足に、また仕事のときの草鞋《わらじ》をつけたが、立ち上がるとひょいと二人に向き直って言った。

「ちょっと、お願いがあるんですが」

「何だい、安さん」

「銭を少し貸していただけませんか」

「いいよ、百や二百の銭なら、いつだって用立ててやるぜ」

と辰蔵が言った。

「一分お借りしてえんですが……」

辰蔵はおきくを振りむいた。おきくも辰蔵を見た。

「おい、おい、安さんよ」と辰蔵は言った。

「一分と言えば大金だぜ、おれらの所帯にはよ。三日稼《かせ》がにゃ、手に入らねえ金だ。

三百ぐらいじゃ、間にあわねえのかね」

「一分お借りしたいんですがね」

と安之助が繰り返した。懇願している口調ではなく、どことなく横柄《おうへい》な声音に聞こえた。

おきくは土間にいる安之助を見つめた。まだ行燈《あんどん》をともしていないので、安之助の顔は暗くて、表情がよく見えなかった。高い肩だけが見えた。

突然に、おきくは恐怖に胸をわしづかみにされた気がした。岩吉を半死半生のめにあわせたのが、この若い男ではなかったのかという疑いが、またぶり返して来たのである。

辰蔵の袖をひいて、茶の間にひっぱりこんだ。貸してやった方がいいよ、とおきくはささやいた。

「だけどおめえ」

辰蔵は困惑したように言った。

「人に貸す金などあるのかよ、この家に」

「いいから、いま用意するから」

辰蔵を乱暴につついて、とにかく早く帰ってもらえという身ぶりをした。それを見て、辰蔵はまた出て行った。

「待ちな、安さん。いま都合するそうだ」

それに答える安之助の声は聞こえなかった。おきくはいそいで寝間に入り、押入れに隠してある物入れから、亭主には内緒の金をつまみ出した。

一分の金を握ると、安之助は神妙に礼を言って帰って行った。

「何で金を貸せなんて言い出したのかしら」

行燈に灯を入れると、おきくはぺたりとそこに坐《すわ》った。胸にわだかまりがあって、台所仕事どころではなかった。

「遊びに来たって言っても、今日がたったの二度めでしょ？　いくら何でも、図々《ずうずう》しくない？」

「でもあいつも、よっぽど金がいることがあって困っていたのかもしれねえじゃねえか」

「それにしても図々しいよ。あたしはお金を貸すのがいやなんじゃないの。そういう厚かましいとこがいやなんだよ」

「ま、いいじゃないか」

辰蔵はあくびをしながら言った。

「くれと言ったわけじゃなし、貸した金だ。そのうち返すだろうよ。気にすることはねえや。それより飯の支度しとくれよ」

「あんたの人の好《い》いところを見込まれたんだよ、きっと」

台所に立ちながら、おきくは言った。

「言っとくけどね。こういう金はなかなか返って来ないよ。くれてやったと思わなきゃ」

「……」

「あんな若いひとをさ。仲間だ、友だちだとちやほやするから、遊びの金ぐらい巻き上げてやれと思われたんだよ。もう家になんか、連れて来ないでよ」

「今日だって、連れて来たわけじゃねえぜ」

と辰蔵が言った。おきくは、思わずかまどの前から辰蔵をふりむいた。

「何ですって？」

「そうだよ。あいつが何となくついて来たんだ。おれが家へ寄ってけって言ったわけじゃねえや」

そこまで言って、辰蔵はおきくの顔色に気づいたようだった。

「おい、何だいその顔は」

「……」

「何を心配そうな顔をしてるんだ。大丈夫だって。安だって、そうちょいちょい金借りに来るつもりはあるめえよ」

辰蔵は、襖《ふすま》はすすけ、畳はあちこち毛ば立っている狭い家の中を見回してうなずいた。

「とても、そんな家じゃねえや」

五

辰蔵は、のんきにそう言ったが、じっさいには安之助はそれからたびたび来て、そのつどなにがしかの金を借りて行ったのである。

辰蔵が帰って来た気配に出てみると、そのうしろに安之助が立っている。そういうことがたびたびあった。そのたびに、おきくは総毛立つような気分に襲われた。

辰蔵もいくじがなかった。何となくおどおどしながら、自分も客のように土間に立ったまま言う。

「安さんが、少し金の都合がつかないかとよ」

「家に、貸すような金があるはずがないでしょ」

おきくは金切り声で言う。だが、辰蔵のうしろに黙って突っ立って、にこにこ笑っている安之助をみると、言われた金を包んで渡さないわけにはいかなかった。渡さなければ、安之助は暗い土間にいつまでも立っているのだ。夫婦は、もう上にあがれとは言わなかったが、安之助も、このごろは上にあがる気配をみせなかった。ただ金を借りに、辰蔵にくっついて来るのである。その無気味さは、たとえようがなかった。

「連れて来なければいいのよ。あのひとに、あんた何か弱味でもあるのかい？」

安之助が帰ったあと、夫婦はがっくり疲れて坐り込みながら言い合いをはじめる。

「連れてくるわけじゃねえや」

辰蔵は口をとがらせる。辰蔵も不機嫌になっている。途中で安之助を振り切ることができない自分に腹を立てているのだった。

「勝手について来るんだから、しようがねえじゃねえか」

「人さまに貸す金なんか、一文もないんだよ、家には」

「そんなことはわかってら。だから、おれも言ったんだ。安さん、もうかんべんしてくれねえかってな。お前さんのおかげで、夫婦のあごが干上《ひあ》がるよって言ったんだ」

「そしたら？」

「そんなことはねえでしょって言うんだ。あの変な笑い方をしながらよ」

「強《きつ》く言わなきゃだめだよ、強く。大方、お前さんもにやにや笑いながら言ったんだろ。はなからなめられてんだよお前さん、あの若いひとによ」

「……」

「ちゃんと言わなきゃ駄目だってば」

「だから言ってんだろ。これ以上どうすりゃいいんだい」

突然辰蔵はいきり立った。

「そんなに立派なこと言うんなら、おめえが言ってやんな。奴《やつ》を追い返してみな」

「……」

「腹が立つ。おれ、飯喰わねえよ」

辰蔵は畳にひっくり返って、ふて寝の恰好《かっこう》になった。これだけの男なのである。おきくは溜息《ためいき》をついて台所に入った。

——あの金のことを、知っているのかしら。

ふと、その疑念が湧《わ》いた。五百だ、一分だと安之助が借りて行った金は、金銭にうとい辰蔵は気づいていないようだが、あらまし三両ほどになる。

はじめは、小遣い欲しさに、人の好《よ》さそうな辰蔵に眼をつけて、すり寄って来たのだと思った。だが貸した金が、そろそろ三両になるということになると、そう簡単なことではない、という気がして来た。安之助というあの若い男は、ひょっとしたら亭主にも内緒にしている、あの虎《とら》の子の金のことを知っているのではないだろうか。

べつの気味悪さが、おきくの胸にひろがった。こんな裏店《うらだな》の夫婦が隠し持っている、わずかなたくわえに眼をつけて来たのだとしたら、あの男は何者だろう。

「ねえ、お前さん」味噌汁《みそしる》に入れる根深《ねぶか》をきざみながら、おきくは辰蔵に声をかけた。

「あのひとの素姓を調べなきゃ。いくら少しでも金を貸している以上、どこの誰かぐらいは知ってなきゃ、しようがないでしょ?」

「……」

「ねえ、聞いてるの?」

「聞いてるよ」

飯はいらないなどと言ったが、ほんの腹立ちまぎれの悪態だったらしく、辰蔵の声は眠そうでも何でもない。眼をぱっちりあけて、味噌汁の匂《にお》いに鼻をひくひくさせていたに違いなかった。

「そいつは本人にも聞いたし、まわりにも聞いたさ。だが安の野郎は言わねえし、ほかの連中も、安の家なんか知らなかったんだ。これ以上は調べようがねえや」

「……」

「どこの何さまなんて言ってもな。おめえ、日雇いなんてのは、住居なんか持たねえのがいっぱいいるんだぜ。おれなんかは、素姓がはっきりしている方でな」

おきくは溜息をついた。

だが、それから四、五日経《た》った夕方。辰蔵はいつもより早い時刻に仕事からもどると土間に入るやいなや叫んだ。

「おい、おきく喜べ」

「なにさ、大きな声を出して」

「あいつが仕事をやめたよ」

「安之助が?」

「そうさ。親方にとどけを出して、おれたちにも、長え間世話になったって挨拶して回ったんだ。間違えねえ」

「何で急にやめたの？」

「それがよ。あいつはやはりただの者じゃねえな。今日の昼に大喧嘩《おおげんか》をやらかしたんだ。相手は権四郎という男でよ。おめえは見たことがねえからわからねえだろうが、毛深くて大きくて熊《くま》みてえな男だぜ。安はこの権四郎と喧嘩してよ。二人とも血だらけになっちまったが、どっちが勝ったと思う？　安だぜ、あの細っこいなりでよ」

おきくは身ぶるいした。権四郎とかいう日雇いの上に、血だらけの岩吉の姿が重なったのを感じたのである。

「早い話が、その喧嘩で、安は仕事をやめさせられたのよ。場所が上野の御山内だからな。やめて、奴はどっかに行っちまった。貸した金はもどらねえだろうが、これでやっとあいつと縁が切れたってわけだ」

「ほんとに縁が切れたのかしら」

おきくがつぶやくと、辰蔵はぎくりとした顔色になった。

「おい、おめえ何を考えてんだ」

「縁が切れたかどうかは、まだわからないよ。もう少し様子を見なくちゃ」

「ちぇ」

と辰蔵は舌打ちした。おびえたように暮れかかって来た外を振りむいたが、そんな自分に腹が立ったように、荒っぽい口調で言った。

「おめえのように心配したら、きりがねえや。もういいから早くすすぎを出しな」

六

だが、おきくの心配は適中して、それから二日後には、安之助があらわれたのである。入口に人声がするので出て見たら、安之助が立っていた。おきくは頭から一ぺんに血の気がひいて、思わず柱につかまったほどである。

「何か、用ですか」

やっとおきくは言った。

「べつに、用ていうわけでもありませんが、ちょっとこのへんを通りかかったもので」

「そう」おきくは板の間に膝《ひざ》をついた。

「亭主から聞きましたけど、仕事の方はやめたそうですね」

「ええ、やめました」

それっきりだった。おきくが眼をあげると、安之助はほとんど無邪気にみえる、いつもの笑顔でおきくを見おろしていた。

「あの、亭主は仕事に出ていて、いませんけど」

「……」

「あの、何か」

とおきくはまた言った。息苦しくて、喉《のど》もとのあたりに吐きけが動いた。

「そこまで来て、金を持ってないのに気づきましてね。少し金を貸してもらえないかと思って、寄ったんですが」

「安之助さん」一度さがった血の気が、今度はどっと顔にあつまって、おきくは真赤な顔になった。そこまでなめられてたまるかと思って、怒りにわれを忘れた。

「安之助さん、いい加減にしてくださいな」

「……」

「亭主の友だちだからと思って、お金を用立てました。今度仕事をやめたと聞きましたけど、貸した金はこれまで一文も返してもらっていませんよ。それでも仕方ないと思っていました」

「でも、友だちづらをするのはもうやめてちょうだいな。あなた、亭主の人の好いのにつけこんで、小遣いを巻き上げたつもりでしょ？　あたしにはわかってるんですから」

「……」

「でももう、あんたに貸す金など一文もありませんよ。大体みればわかりそうなものじゃありませんか。人に貸す金がある家だと、本気で思ってるんですか」

「でも、貸してくれたじゃありませんか」

と安之助が言った。感情の動きが感じられない、のっぺりとした声だった。安之助は、おきくの顔を見ずに、少しはだけた胸もとをじっと見ていた。

おきくはいそいで襟《えり》をかきあつめた。背筋をつめたいものが走り抜けた。

——大きな声を出してやろうか。

ふとそう思った。安之助のうしろに、昼すぎの明るい光があるから考えたことである。夜なら竦《すく》み上がるだけだったろう。

だがすぐに、それはだめだと思った。安之助がそういう男だとわかれば、裏店の者はすぐにこの若い男を、岩吉と結びつけるに違いなかった。そんな男とこれまでつき

「……」

合いがあったと知れれば、もうこの裏店には住めなくなるだろう。

だいいち声を立てる前に、この男はあたしを殺すかもしれない。おきくは全身に、冷たく気味わるい汗が噴き出すのを感じた。

「いくらいるんですか?」

とうとうおきくは言った。

「一分つごうしてもらえると助かるんですがね」

おきくは返事もしないで部屋の中にもどった。わざと細かい金を数えて、一分そろえた。金を数えながら、おきくは安之助が部屋に入って来はしないかと、たびたびうしろを振りむいたが、土間はひっそりしたままだった。

「これが、家の有り金ですよ」

おきくは安之助に金を渡した。

「もう来ても無駄ですからね。お金を返してもらおうなんて、思っちゃいませんから、もう寄りつかないでくださいよ」

安之助はふっと声を立てずに笑ったようだった。そしてすばやく出て行った。

後を追って、おきくも外に出た。昼下がりの秋めいた日射《ひざ》しが、路地に溢《あふ》れていた。

木戸をくぐって外に出て行く、安之助の姿が見えた。見慣れた人足姿ではなく、縞柄《しまがら》の浴衣《ゆかた》を着た小ざっぱりしたうしろ姿だった。ただの若い男に見えた。おきくは白昼夢を見ているような気がした。

「どうしたの?」

不意にうしろで声がしたので、おきくはおどろいて振りむいた。おしゃべりのおかねが立っていた。

「いまのひと、だれ?」

おかねの顔に穿鑿《せんさく》のいろが動いている。

「亭主の仕事仲間ですよ」

「でも、そういう仕事のひとのようには見えなかったけど」

「二、三日休むんだそうですよ。親方にそう言ってもらいたいって、頼みに来たの」

「ああ、そう」とおかねは言ったが、まだ疑いを残した眼でおきくを見た。

「あのひと、前からあんたの家に来てたかしら?」

「いえ、つい近ごろできた仲間ですよ」

まだ何か聞きたそうなおかねに、おきくは、すみません、お昼をまだ喰べていないもんだから、とことわって家に入った。

――やっぱり、金を持ってると思って来てるんだ。

薄暗い茶の間に坐って、おきくはじっと考えつづけた。安之助という男の正体をつきとめないことには、この悪い夢に似た追っかけっこは終らないと思った。

七

数日のち、おきくは諏訪《すわ》町の茶商伊沢屋で、主人の藤右衛門に会っていた。藤右衛門は、辰蔵がまだ唐物屋をしていたころのとくい客で、元旅籠町の店に来ると、一刻《いっとき》以上も古道具をいじり回して、かならず何点かの品を買い上げて帰る上とくいだった。店がつぶれる寸前に、おきくが持ち出した品物を金に換えてくれたのも藤右衛門である。

「あんたは、ちっとも変らないね」

と藤右衛門は言った。伊沢屋の家の中は、茶の間に坐《すわ》っていても、どこからか乾いたお茶の香が匂って来る。

「あれから何年になるかね」

「もう三年になりますですよ、旦那《だんな》」

「三年かい。するとあんたは二十六か。とてもそんなには見えない。若いし、相かわらずきれいだ」

おきくは顔を染めた。だが悪い気はしなかった。出がけに、ひさしぶりに念入りに化粧し、着る物も小ざっぱりした物に着かえて、自分でも少し若返ったような気分でいたのである。

「ところで、何かたずねたいことがあるって？」

と藤右衛門は言った。はじめにおきくがそう言ったのを思い出したらしい。おきくもわれに返った。

「はい、それが少々変なことなのですが……」

「へえ？　何だろう。ま、話してみなさい」

藤右衛門はやさしかった。

「旦那は、もしや安之助という若い男のひとをお知りじゃないでしょうか」

もしあの若い男が、ささやかな隠し金のことを知っているとすれば、あのときのことを知っている伊沢屋藤右衛門のまわりにいた人間に違いない、おきくがようやく思いついたのは、そういうことだったのだ。

だが藤右衛門は、きょとんとした眼でおきくを見ただけだった。

「知りませんなあ、安之助などというひとは。どんなひとです？」

「名前が変っているかもしれませんが、年は二十一か二ぐらい。育ちのよさそうな、いい男ですよ」

おきくは、安之助の顔かたちからしぐさ、話し声まで細かく話した。いまは日雇いをしていることも話したが、その安之助からうけている迷惑のことは隠した。

「知らないねえ」

熱心に耳を傾けたが、藤右衛門はやはりそう言った。

「お身内の方とか、こちらさんに奉公していたひととかで、心あたりはありませんか」

「ない、ない」藤右衛門は首を振った。

「思いあたるようなひとは、いませんよ。その男がどうかしたかね」

「いえ、お心あたりがなければいいんです」

がっくりしながら、おきくはそう言った。安之助のことを話して、夫婦がおびえているなどと言っても笑われるのがオチだろうし、第一そんな話を、ひとは信用しないだろう。

おきくは、思いついて聞いた。

「店がつぶれるとき、旦那にお願いして、借金取りには内緒で品物を処分してもらいました。あのときのことを、よそでどなたかにお話しになったことはないでしょうか」

「ああ、あのときのこと……」

藤右衛門は薄笑いした。

「誰にもしゃべりませんよ。あんたが、よそには内緒にしてくれろといったからね。あたしはこれで口の固い男です」

おきくは口を噤《つぐ》んだ。では、あの安之助という男は何者なのだろう。隠し金を知ってると思ったのは、思い過ごしなのだろうか。

「おきくさん、あんたいま、何で喰っていなさる？　ご亭主は何で働いていなさるかね」

「日雇いをしてます」

おきくは肩をすくめて答えた。

「やれ、かわいそうに」

と藤右衛門は言った。

「かわいそうというのは、ご亭主のことじゃない。あんたのことですよ。ご亭主は言っては何だが、商売のことじゃ考えが甘かった。店をつぶしたのは身から出たサビでね。仕方ない」

「……」

「だが、女ざかりのあんたが、日雇いの女房で、裏店《うらだな》住まいをしているのをみるのは、たまりませんなあ」

「仕方ないことですよ」

「それ、それ。そうやってあきらめていなさるところが、かわいそうでなりませんなあ」

「……」

「じつを申しますとな。むかしからあんたの器量にぞっこん惚《ほ》れこんでいるひとがいましてな。あんたに、もしご亭主と別れるような気持があるなら、ぜひとも世話したいと言ってますが、そんな気はありませんかな」

おきくは顔をあげて藤右衛門を見た。

「お妾《めかけ》になれというお話ですか。誰ですか、そんなご親切なひとは？」

「あたしですよ、おきくさん」

藤右衛門はにこにこ笑いながら言った。藤右衛門は、びんのあたりが白くなっているが、顔は日やけして、大きな身体《からだ》は見るからに精力的に見える。笑顔の奥から、笑わない眼がなめるようにおきくを見つめていた。

「失礼だが、あんたのご亭主に、日雇いから這《は》い上がる器量はありませんよ。いまのうちなら、あんたも若いし……」

「失礼させてもらいますよ、伊沢屋の旦那」

おきくは立ち上がった。ひきとめる藤右衛門の声から、耳をふさぐようにして、いそいで裏口からとび出した。

——日雇いの女房だと思ってバカにして。

日暮れ近い浅草の町を、おきくは夢中になっていそいだ。だが歩いているうちに、ひとの妾にでもならなければ、いまの暮らしから抜け出せなくなったのかと、あらためて自分の境遇に思いあたると、腹立ちはだんだん重い気分に変った。おきくは足どりをゆるめ、人がふりむくほどのろのろと歩いた。

家にもどると、辰蔵がもどっていた。だが部屋の中をひと目みて、おきくは棒立ちになった。押入れの中のものが、畳にほうり投げられている。茶箪笥《だんす》のひき出しは、ひとつひとつ全部抜かれて、中の小物までぶちまけてある。

火事場のように乱雑な部屋の中に、辰蔵が膝《ひざ》をかかえて茫然《ぼうぜん》と坐っていた。

「どうしたの?」

「どうしたもこうしたもねえや」

と辰蔵は言った。辰蔵が仕事からもどって来ると、家の前に安之助が立っていて、金を貸してくれと言った。辰蔵は、金なんかないとことわったが、安之助はしつこく土間まで入りこんで来た。

「そこに腰をおろして動かねえからよ。金があると思うんなら、家ん中探して持って行きなって、おれも言ったんだよ。もう、いやになったからよ」

「……」

「そうしたら、野郎ほんとに家の中に入りこんで来て、この始末だ」

おきくは声も出なかった。いそいで隣の寝部屋に入った。そこも夜具はふっとび、長持は横倒しになり、手鏡は割れて散乱し、足の踏み場もなかった。

おきくは柱の釘《くぎ》にかけてある越中富山の薬売りの袋をのぞいた。金は無事だった。おきくはあらためて家の中を見回した。凶暴な物が荒れ狂って行った痕《あと》が残っている。

「こんなにされて、お前さん、黙って見てたのかい？」

「見てるよりほか、しようがねえじゃねえか。あいつは気違えだ。手を出して怪我《けが》でもしたらつまらねえ」

いくじのない言い方だったが、それもそうだとおきくは思った。

「これだけやったんだから、もう来やしねえだろうさ。いや、あんな男を家に連れてきたのが、そもそも間違いだったよ」

じっさいに、辰蔵が言ったとおり、安之助はその後ぷっつりと姿を見せなくなった。おきくはほっとし、ようやくいまわしい若い男の姿が、胸からうすれて行くのを感じた。

ひと月ほど経《た》ったある夜、夫婦はひさしぶりにひとつ床の中にいた。急に秋らしくなって、人肌が恋しいような夜だった。

「ちょっと」おきくは辰蔵をつついた。誰かが表の戸を叩《たた》いている。

「誰かしら、いまごろ」

辰蔵は半分眠りかけていたが、おきくに言われて頭をもたげた。辰蔵は起き上がろうとした。その腕をおきくは押えた。

「ちょっと待って」

時刻は四ツ半（午後十一時）を回っているはずだった。その遅い時刻に、ひっそりと誰かが戸を叩いている。

「あのひとよ、きっと」

そう言われて辰蔵は夜具にもどった。夫婦は抱き合ったまま、戸を叩く音を聞いた。

ふるえながら、おきくはささやいた。

「近所のひとなら、声をかけるでしょ。あのひとだよ。間違いないよ」

戸を叩く音は小さく、しつこくつづいたが、やがてやんだ。足音は聞こえなかった。

翌朝、木戸口に鋭利な刃物で首を裂かれた猫が捨ててあった。祈禱師《きとうし》の常岳坊の家の飼い猫だった。裏店は大さわぎになった。

人の輪から、辰蔵とおきくは足音をしのばせて離れると家にもどった。

「やっぱり、ゆンべあのひとが来たんだよ」

辰蔵は黙っていたが青い顔をしていた。辰蔵はおきくを見て言った。

「番屋にとどけて出ようか」

「何をとどけるの？」

とおきくは言った。

「第一、どこの誰かもわからないひとじゃないの」

そう言いながら、おきくは無残な猫の死骸《しがい》を思い出して、体のふるえがとまらなかった。それでもう、あの男とのつながりが切れたのか、それとも猫の死骸は、安之助の新しい脅しなのかはわからなかった。ただ無性にこわかった。

おさんが呼ぶ

一

おさんは紙問屋伊豆《いず》屋の下働きである。家の中を拭《ふ》き掃きするほかは、終日うす暗い台所で働いている。齢《とし》は十九だった。

おさんは無口な娘だった。その無口が度をこえていた。伊豆屋に奉公に来たのが十四の齢だった。五年になる。だがその五年の間、おさんが口を利《き》いたのはたった一度、大きな地震があってはげしく家が揺れたとき、「こわい」と叫んだときぐらいである。啞者《あしや》でないことはそれでわかったが、度はずれた無口はやはり目立った。生意気な表の小僧たちは、そういうおさんを侮《あなど》って、「おさん口無し、からすの子」などとはやし立てた。おさんは浅黒い肌をした娘だったからである。

だが回りの者が、おさんの無口を奇異な眼で眺めたり、侮ったりしたのは、奉公に来た当初の半年ばかりだったろう。ちょうどそのころ、伊豆屋のおかみが、小僧たちがおさんをからかっているのを聞きつけてきびしく叱《しか》ったこともあって、奉公人たちはあっさりとからかうのをやめた。

おかみに言われるまでもなく、もうその無口ぶりに馴《な》れ、そろそろ新米女中に対する興味もさめかけていたのである。第一、おさんはからかっておもしろいような娘でもなかった。容貌《ようぼう》も人柄も目立たなかった。台所を這《は》い回る仕事が、ぴったり似合ってみえた。

おさんは無口だが働き者だった。家の中の掃除とか、食事の支度、後始末、買物と骨身を惜しまずに働いた。丈夫な身体《からだ》を持っていた。

女中のおすえははじめおさんを外に使いに出すとき、はたして用を足せるのかどうか危うんだが、おさんはちゃんと買物をして来た。言われたとおりの物を買い、釣銭も一文も間違えなかった。

あるとき、おさんが買物をしているそばを通りかかった店の者が、怪しんで耳を澄ましたら、そこでもおさんは品物を指さすだけで声を出さなかったという。

「それでいいじゃないか、ねえ、おさん」

と伊豆屋のおかみは言った。おかみは働き者のおさんを気に入っていた。

「おしゃべりで、すぐ怠けたがるひとたちよりよっぽどいいよ」

とおかみは言った。それはほかの二人の女中おすえ、おみつに対するあてこすりだったが、おさんは聞こえなかったような顔をしていた。

奉公して五年経《た》ったいまでは、伊豆屋ではおさんの無口を気にする者は誰もいない。おさんは黙々と働いている。

二

おすえが、三十近い素朴な身なりの男を台所に連れて来たときも、おさんは洗い場でせっせと鍋《なべ》の尻《しり》を洗っていた。夜の食事の後始末も終えた時刻である。

「おさんちゃん、このひとに喰べ物を出しておくれ。つめたいものしかないけど、しようがないやね」

とおすえが言った。

すると男が台所に膝《ひざ》をついて、ごやっかいになります女中さん、と言って頭をさげた。おさんはあわてて手を拭き、自分も坐《すわ》って頭をさげた。

「このひとは小川村から来た紙漉《かみすき》屋さんでね、兼七さんというひと。当分店に逗留《とうりゅう》なさるそうだから、そのつもりで台所の方のお世話をしなさいよ」

おすえの言葉が終ると、兼七という男はもう一度、丁寧に頭をさげて、よろしく願いますよと言った。おさんもあわててもう一度お辞儀を返すと、立って食事の支度をした。

――売り込みのひとかしら？

とおさんは思った。

伊豆屋には、時どき漉屋の客が来て泊って行く。車でただ荷をとどけて来るだけの者もいて、この男たちは泊らないで帰るか、泊ってもひと晩だけ、軽く商売の話をすませて帰って行く。

それとはべつに、風呂敷《ふろしき》の荷を背負ってたずねて来ると、数日、長いときはひと月も逗留して行く客がいた。

こちらの客は、伊豆屋と取引きのある漉屋が、新しい品物を持ちこんで来ているか、そうでなければ、これからの取引きをのぞんで、品物持参で商談を持ちこんでいる男かである。五年いる間に、おさんにもそういう客の見わけがつくようになった。

取引きに来た逗留客は、来た翌日から店の奉公人と一緒になって、毎日外に出て、夕方疲れた様子でもどって来る。伊豆屋が直接に品物をおさめているとくい先と、取引きのある紙屋を回って、品物のおひろめをして来るのだと思われた。

むろん伊豆屋の主人にしろ、番頭にしろ、紙の鑑定では玄人《くろうと》だが、大口のおさめ先が品物を気にいってくれなければ、漉屋との取引きは成り立たない。そこで時には主人の重右衛門自身が、漉屋に品物を持たせて出かけることもあった。

——このひとは、どっちかしら？

食事の支度をしながら、おさんはちらちらと兼七という客を見た。男はきちんと膝をそろえて坐り、少々屈託ありげな顔をうつむけて、膝においた自分の手を見つめている。

飯が冷えているのは仕方なかったが、湯をわかすために隅にある炉火は消していなかったので、おさんは手早く汁をあたためた。菊治という小僧が喰べずに残した鰺《あじ》の干物《ひもの》も火あてして出した。

兼七は腹が空《す》いていたらしく、威勢よく喰べた。干物も漬け物も残さずに喰べ、汁もおかわりをした。

「ごちそうになりました」

兼七は律儀《りちぎ》に辞儀をし、うまかったと言った。おすえが店の方に行き、おみつはもう部屋に引きとっているので、台所にいるのはおさん一人だった。

満足そうに礼を言っている男に、何か返事をしなければと思ったが、声はいつものように喉《のど》の奥でかすかに動く気配がしただけだった。外には出て来なかった。おさんはあいまいな微笑で男に答えた。

兼七はすぐに立ち上がって台所を出て行った。気がせくというふうにもみえた。その背が意外に高く、肩幅があるのにおさんははじめて気づいて、うしろから見送った。

三

兼七は連日出歩いていた。手代の庄次郎と連れ立って出ることが多かったが、時には主人の重右衛門や、番頭と一緒のこともあった。

帰りはいつも遅くなった。大ていは外が暗くなって、店の奉公人たちが食事を終えたあとにもどって来る。はじめの間は、飯を喰べながらぽつりぽつりと村のことなどを話して聞かせたりしていたのが、日が経つにつれて、口数が少なくなった。

帰って来た挨拶《あいさつ》だけで、無言のまま喰べおわって部屋に引きとるときもある。来た頃よりも頬が痩《や》せていた。食事の世話をしながら、おさんはそういう男をちらちらと眺めている。

――話がうまくいってないのだ。

と思った。

「おさんさん」

と、ある夜、兼七は言った。その夜は、兼七はいつもより元気にみえ、飯の喰いっぷりもよかった。

「今日はやっと品物を気に入ってくれたところがありましてね。どうやらひさしぶりでぐっすり眠れそうです」

「……」

「こちらのお店でも品物を取っていただけないとなると、村はお先真暗になるのですよ」

と兼七は言った。

兼七の村では、村の三分の二が百姓仕事のかたわら紙を漉いて暮らしを立てている。品物の半分は伊豆屋と同業の飯坂屋《いいざか》におさめ、半分は染次という仲買商人の手で、帳屋、傘屋、呉服屋などにおさめてもらっていた。

ところがこの春、突然に飯坂屋が潰《つぶ》れた。飯坂屋とは長い取引きだったので、村では困惑したが、寄合いをひらいて、とりあえず仲買いの染次に泣きついて、出来るだけ多くの品物を引き受けてもらう一方で、誰かが江戸に出て新しく納め問屋をさがすことに決めたのである。

ところが、染次は、村の弱味につけ込んで、卸値の法外な値引きを持ち出し、それが聞かれなければ取引きを切ると言い出したのである。これまでも、取引きの上で時どき金銭をごまかして信用が薄かった仲買人が、このときとばかり本性をあらわしたのである。染次の言い分は恐喝だった。

しかし紙漉きから上がる収入は、漉屋百姓の死活につながっている。村では泣く泣く染次の言い分をのむ一方で、必死に新しい納め先をさがすことになった。選ばれて兼七が江戸に来た。

「しかし、どこのお店でも取引きの漉屋は決まっていますからな。そこに新しく喰いこむのは容易なことではありません。値段を安くするなら取ってやろうというところはありましたが、それも限度があります」

「……」

「お店を五軒回りました。するうちに持って来た金もなくなりましてな。心ぼそい思いでこちらにうかがいましたら、とにかく品物次第、考えてみようというお話で、こうして泊めていただき、お食事まで頂戴《ちようだい》出来る。有難いことです」

兼七は、今日の回り先の首尾がよほどうれしかったのか、ぽつりぽつりと長話をした。おさんの無口を、あんまり気にしていないようにみえた。

「村を出て、そろそろふた月近くなります。残っている子供が気になって来ました。

五つになる女の子がいるのですよ」

「……」

「二年前女房に死なれましてね。おふくろにみてもらっていますが、おふくろもなにせ年寄り、子供が心配でならないのです」

おさんは大急ぎでうなずいた。声が出ない自分がもどかしかった。おさんは男を力づけてやりたい気持に駆られている。

「や、ごちそうさまでした」

兼七は不意に大きな声で言い、笑顔をみせた。歯の白い男だった。

「こちらのお店が最後ですからな。がんばってみせますよ」

四

台所を片づけているうちに、おさんは醬油《しょうゆ》が切れていることに気づいた。うかつだった。味噌《みそ》・醬油が切れないように気を配るのはおさんの役目である。これまでしくじったことはない。

――どうしよう。

おさんは、あわてて明日の朝の食事の支度のことを考えた。朝の食事は簡単で、醤油を使うようなものはない。

問題は手代の庄次郎である。庄次郎は色白のやさ男だが、喰い物にうるさく、漬物にも醤油を使う。切れていると知れば、小僧たちを叱るときと同じ口調で、ねちねちと叱言《こごと》を言うだろう。

無口のせいで、ひとに表情を読まれることも少ないから気づかれずにいるが、おさんはやさ男の手代が嫌いだった。男が自分を侮っていることを知っているからである。庄次郎はそのへんにある物を眺めるような眼で、おさんを見る。あの男に叱られるかと思うと、身ぶるいがした。

おさんは、おすえにことわりを言い、茶の間でおかみから金をもらうと店を出た。味噌・醤油を商う店は、伊豆屋から一町ほどのところにある。六ツ（午後六時）には店をしめるが、潜《くぐ》りはあけていて、遅い客のために五ツ（午後八時）ごろまでは物を売る。

町は暗く、人通りはまばらだった。おさんはいそぎ足に歩いた。店に入ると、茶の間から見ていたらしく、すぐに主人が立って来た。

「おさんちゃん、どうしたね」

顔馴染《なじみ》の主人は愛想よく声をかけて来た。大柄で太ったおやじである。

「おまえさんとこは、めったに、夜の買物に来ることなどないのに」

「……」

「急なお客さんでもあったかね」

主人は、おさんの返事がないのはいっこうに苦にしないでそう言い、味噌がめと醬油樽《だる》を指さし、どっちかとたずねた。おさんは指で醬油を指し、抱えて来た小樽を出して、いつもの通りという身ぶりをする。主人にはそれでわかって、手早く醬油をはかってくれた。

買物は簡単に済んだ。おさんはほっとして味噌屋を出た。人通りはほとんどなくなっていた。ついこの間までは、六ツ半（午後七時）ごろにはまだ子供が群れていたのである。だが季節が秋に入ると、日はすみやかに暮れた。すぐに夜の暗さが町を覆《おお》う。

おさんは醬油の香が強くにおう小樽をかかえて、人気《ひとけ》のない道を、小走りにいそいだ。樽の中で醬油が鳴った。左右の家々から洩《も》れる光で、町は真暗というわけではない。それでもおさんは町の暗さがこわかった。

もつれ合うように動いている物を見たのは、伊豆屋の近くまで来たときだった。おさんはぎょっとして立ちどまった。頭から一度に血がひいたような気がした。

はげしい息づかい。手をふり上げ、足を上げる動き。何かに身体をぶつけるような音。何とも言いようのない不穏な空気。そういうものがつたわって来るのに、動いている物は声を立てなかった。

数人のひとがもつれ合って動いているようにもみえる。とほうもなく大きな身体をした人間が、ひとりでのたうち回っているようにも見えた。その物は、伊豆屋のほんの手前にある、路地の入口にいる。おさんは思わず口を開き、恐怖の声を立てた。

少し調子のはずれた、笛のようなその声が耳にとどいたらしい。もつれ合っていたものが、不意にほどけて二、三人の人影になった。そしておさんがいる方角とは反対の町に、足音荒く逃げて行った。あとに一人だけ残されて、その人影はのろのろと地面から起き上がるところだった。

——喧嘩《けんか》だわ。

おさんはそう思った。得体が知れないものを見たわけではなく、それが人間の喧嘩だったことにおさんはほっとしたが、それで恐怖がすっかり消えたわけではなかった。

喧嘩の片割れが、まだ残っていた。立ち上がろうとしきりにもがいている。やっと腰を立てたと思ったら、またうずくまってしまったのは、足でも怪我《けが》した様子だった。

おさんは立ちすくんだまま、その人影が立ち去るのを待っていた。すると、黒いその人影がいきなり口をきいた。

「そこにいるのは、おさんさんじゃありませんか」

声は兼七だった。おさんは駆け寄った。すると兼七が手をさしのべて来た。

「やっぱりあんただった。助かった」

「……」

「すみませんが、手を貸してくれませんか。どうも足をくじいてしまったようだ」

おさんが手を出すと、兼七はその手につかまってやっと立ち上がった。そしてすみませんが、肩につかまらせてくださいと言った。おさんは大いそぎでうなずいたが、兼七には見えなかったはずだ。兼七が遠慮がちにおさんの肩につかまって来た。男の身体《からだ》から血が匂《にお》って来て、おさんは兼七が怪我をしているのを知った。胸がとどろいた。

店に帰ると、おさんは兼七をまっすぐ台所に連れこんだ。炉端の敷物の上に男を坐らせると、肩を叩《たた》いて、すぐもどるという合図をし、釣銭を返しに茶の間に行った。

もどると、台所の暗がりに男がおとなしくうずくまっているのが見えた。おさんは洗い場のそばに吊《つる》してある懸け行燈《あんどん》に灯を入れた。光の中に男の姿がうかび上がると、おさんはまた笛のような声を立てた。

思ったとおり兼七は怪我をしていた。頬をすりむき、手にも足にもすり傷があって、そこら中から血が流れている。ところが兼七は、おさんのおどろいた様子をみて、かえって力づけるような微笑をみせた。

「なに、足をくじいたのが厄介なだけで、ほかの傷は大したことはありません。すみませんが、濡《ぬ》らした手拭《てぬぐ》いを貸してくれませんか」

と兼七は言った。

おさんは女中部屋に行って手拭いを取り、それから、冬に赤ぎれにすりこむ軟膏《なんこう》があったのを思い出して、古びた鏡台の引き出しからさがし出した。

おみつが家へ帰っているので、部屋にはおすえが一人でうたた寝をしていたが、物音で眼をあけた。

「おや、おさんちゃん」

おすえは女だてらに大あくびをしながら言った。

「いまもどったところかい？」

おさんは、手真似《てまね》で兼七が怪我をしていることを知らせた。

「なんだって？」

おすえはやっと畳の上に身体を起こした。

「まったく、何言ってんだか、さっぱりわかりゃしない」

おすえはぶつぶつ言いながら、おさんと一緒に台所に出たが、兼七をみて眼をまるくし、

「おや、あんた。その様子はどうしたのさ？　まあ、怪我してるじゃないの」

「お店の前まで来たら、悪いやつにからまれましてね。このざまです」

「気をつけた方がいいよ、あんた。江戸は夜が物騒だからね」

おすえはいかにもお義理といった口調でなぐさめを言い、おさんの尻《しり》をつついた。

「あんた、手当てしてやりなさいよ。あたしゃ血をみるのがきらいさ。寒気がして来るんだよ、ぶる、ぶる、る」

ささやくと怠け者の女中頭は部屋に引っこんでしまった。

おさんは手拭いを水でしぼって、兼七の傷にこびりついている血と砂を拭き取ってやった。兼七が恐縮したが、おさんはそうしないではいられなかった。

「あんたは親切なひとですな、おさんさん。他国でこんなに親切にしていただくと、身にしみます」

軟膏をすりこんでもらいながら、兼七は言った。

「さっきのやつらの正体はわかっています」

兼七は、まるでおさんがさっきから聞きたがっていることをさとったように、喧嘩相手のことを話し出した。

「染次という仲買いのことを話したでしょう。さっきの男たちは、染次に使われている連中らしいのです。なぐりかかって来たときに、それらしいことを言ってました」

「……」

「私がこちらのお店と取引きをまとめると、染次はぐあい悪いのでしょうね。だいぶ悪どいやり方で村の金をまき上げていますから」

「……」

「なに、私は負けませんよ。ひとがんばりして、この取引きをきっとまとめます」

手をとめて、おさんは男の顔をみた。傷をうけたところが少し腫《は》れて、いびつにみえるが、口をきっと引きしめた顔は男らしく見えた。

兼七は容易なことではくじけない。腹の据《す》わった男のようだった。まだ若い身で、選ばれて取引きをまとめに来たのは、そのあたりの根性を村の者に見込まれたのだろう。

おさんはがんばってね、と言った。声にならないその声が聞こえたように、兼七はうなずいて微笑した。

五

十日ほど前に来た新しい客が、おさんには気になる。

その客は、おすえから聞いた話によると、やはり紙漉屋で、甲州から来た客だという。三十半ばの、狐《きつね》のように尖《とが》って瘦せた顔をした男だった。やはり伊豆屋との取引きをまとめに来た客のようである。

階下にいる兼七とはべつに、二階に部屋をもらい、と言っても小僧二人との相部屋だったが、食事時には台所に降りて来て飯を喰う。

おさんが気にしているのは、その新しい客が、何となく兼七と顔を合わせるのを避けているように見える点だった。売り込みに来た漉屋が、鉢合わせで伊豆屋に逗留《とうりゅう》するということは前にもあって、めずらしいことではなかった。

だがそういう場合、あきらかに商売敵《がたき》とわかっていても、顔をあわせれば同業の親しみも湧《わ》くのか、笑顔で村の話をしたり、それとなく相手の商いにさぐりを入れたりして、必ずしも仲が悪いわけではない。

だが民蔵という、甲州から来た男は、来た日に兼七とひととおりの挨拶《あいさつ》をかわしたあとは、なるべく顔を合わせないように避けているのだった。民蔵も兼七同様、連日外を歩き、また旅の荷を伊豆屋に置いたまま、ほかに泊ったりすることもあって、兼七と顔が合うことは少ないのだが、それでも強い風雨で外に出られずに、二人とも一日中家の中にいることもある。

そういうときでも、民蔵はたとえば兼七が食事を終ったころに、入れ違いに台所に入って来たりする。あきらかに避けているのだった。

——偏屈なひとらしい。

おさんは狐のように顔の尖った男を、はじめはそう思って眺めていた。民蔵は口数も少なく、女中たちを相手に無駄口を叩くこともしない男だった。

しかし、ただ偏屈だというだけの男でもないらしいと気づいたのは、民蔵が時どき手代の庄次郎の部屋に入りこんで、ひそひそと何やら話しこんでいるのを見かけるようになったからである。庄次郎の部屋からは笑い声が洩れて来た。民蔵も一緒に笑っていたのである。

二度ばかり、こういうことがあった。庄次郎が夜遅く帰って来た。店の者が遅くなるとき、潜り戸をあけるのはおさんの役目である。おさんが戸をあけると、庄次郎はめずらしくごくろうさんだな、と言ったが、全身から顔をそむけるほど酒の香がにおった。そして庄次郎は一人ではなく、民蔵と一緒だったのである。民蔵も酔っていた。二人が外で落ち合って酒を飲んで来たことはあきらかだった。

そういうことにどういう意味があるのか、おさんにはよくわからない。ただわかるのは、兼七は手代の部屋に入りこみもしないし、一緒に酒を飲んだりもしていない、ということだった。

おさんは不安だった。いまも裏庭の台所口の外で鍋墨《なべすみ》を掻《か》き落としながら、ぼんやりとそのことを考えている。

兼七も民蔵も、伊豆屋に取引きをもとめに来ている。取引きを決めるのは手代の庄次郎ではない。番頭もいて、主人もいる。最後には主人の重右衛門のひと言で決まるのだろう。

だが話がすすむ中で、たとえば庄次郎を味方につけておけば、いざ取引きをまとめるというときにそれが物を言うことは十分考えられる。そのぐらいの道理は、おさんにもぼんやりと見当がつく。民蔵がやっていることは、そういうことかも知れなかった。

民蔵が手代の部屋でひそひそ話をしたり、一緒に酒を飲んで帰ったりすることに、そういう意味があるとすれば、民蔵という男は、愛想のない顔に似合わず、なかなかの遣《や》り手なのである。裏の手を知っている男なのだ。

兼七は、それをしていない。持って来た金が乏しくなって、残るのは路銀だけという話もしていたから、たとえばその気があったとしても、庄次郎に酒をおごったりすることなど出来ないのかも知れない。だが大体兼七にはそういう気働きが欠けているようにもみえた。ともかく兼七は何もしていない。

足を棒にして、せっせと外を回っているだけである。考えているうちにおさんは胸の中の不安が、さっきより濃くなったような気がしている。

――あのひとは、民蔵がしてることに気づいているかしら。

そう思いながら、おさんは力を入れて鍋の底をこすった。

おすえもおみつも手が汚れると言ってやりたがらないが、おさんは鍋の底を搔く仕事が嫌いではない。

錆《さ》びた包丁が、きこきこと甲高く澄んだ音を立てるのもいいし、墨を落として行くはしから、ぴかぴか光る鍋の生地があらわれて来るのも気持がいい。

鍋底を搔く音は、無作法に裏庭にひびきわたるが、咎《とが》める者は誰もいない。その音の中に、どこか哀《かな》しげな音色がまじるのも、おさんは好きだった。

不意に手もとに影が落ちて、射《さ》しかけている日暮れの光を遮《さえぎ》った。見上げると、兼七が立っていた。

「やっぱりあんただったな」

兼七は白い歯をみせ、屈託のない顔で笑った。表情がめずらしく明るい。

「おさんさんには、ほんとに感心しますな。よく働く」

おさんは手をとめてうつむいた。顔が赤くなるのを感じた。だが、おさんはすぐに顔をあげて、前にしゃがんだ兼七を見た。

取引きの話はどうなったのだろうか。民蔵のことは気づいているのだろうか。そう思ったとき、兼七はまるでその気持を読み取ったように、心配はいりませんよ、おさんさんと言った。

「明日の晩には、旦那《だんな》さんからご返事をいただけるそうです。いま、旦那さんと一緒に外からもどったところですが、みちみちのお話では、取引き話は八分どおり大丈夫のようです」

「……」

「八分どおりというのは、品物をあずけたまま、まだご返事をいただいていない大口のとくい先が残っているせいですが、これまでのところ、回り先では大ていい品物をほめてもらっていますし、旦那さんも、それで八分どおり決まったとおっしゃったわけでしょう」

「……」

「お世話になりましたなあ、おさんさん。傷の手当てをしていただいたり、洗濯をしてもらったり。あんたのことは忘れません」

おさんは首を振った。

「取引きがまとまれば、村もこれでひと安心というものです。さぞ首を長くして私を待っていることでしょう」

「……」

「まとまっても、まとまらなくても、私はあさっての朝、おいとまして村に帰ります。取り入れの仕事が待っていますからね。お世話になりました」

兼七は不意に手をのばしておさんの手を握った。おさんはびっくりして手をひこうとしたが、兼七は鍋墨に汚れたおさんの手を放さなかった。

そして深ぶかとおさんの顔をのぞきこみながら低い声で言った。

「あんたのようないい娘さんが、声を出せないなんて、どうしてだろうね」

「……」

「一度聞いてみたいと思っていたのですよ。あんたがそんなふうになったのには、何か深い仔細《しさい》があるに違いないという気がしてね。あんたを見ていると、そう思えてならないのです」

「……」

「どうだろう？　よかったら私に、その話を聞かせてくれませんか」

兼七は、おさんの顔を、そうすれば声を聞きとることが出来るというように、少し顔を傾けて真剣な眼で見まもっている。

おさんは顔をそむけた。おさんが声を失ったのは八つのときである。病気の父親とおさんを捨てて母親が男と行方をくらました。

父親が死ぬ半月ほど前だった。半年も前から若い男に溺《おぼ》れていた母親は夫の死ぬまで待てずに駆け落ちしたのである。

気力を失った父親が死に、近所の者に葬式を出してもらった夜、おさんは誰もいない家の中で、夜具をかぶって声がかれるまで泣いた。悲しくて、おそろしい夜だった。そのころから、おさんは物を言わなくなった。遠縁の家にひきとられ、そこでいじめられたりもしたが、おさんはひと言も口を利《き》かなかった。かたくなに声を出すことを拒んだ。自分では気づかなかったが、おさんはそうすることで、自分を捨てた母親や、薄情で意地の悪い親戚《しんせき》のひとびとに全身で抗《あらが》っていたのである。

あれは物をしゃべらない娘だと言われた。だがおさんは内心で、人なみに嬉《うれ》しいことがあれば、そのときはいつでもしゃべってあげるよと思っていたのである。だが何年もそうしているうちに、物を言わないことは少しも苦痛ではなくなった。おさんは無口に馴《な》れ、それが自分の性分に一番よく合っているように思えて来た。あたりにそう思われてしまい、物をしゃべらないですむということは気楽なことだった。大ていの悪意や嘲《あざけ》りは、そうしていると頭の上を通りすぎて行くものだということにも気づいた。

一切物を言わないというやり方の中には、自分を捨てて男と逃げた母親に対する復《ふく》讐《しゅう》の快感がまじっている。おさんは時どき心の中で母親に毒づいた。ごらんよ、あんたの子は、とおさんは自虐《じぎゃく》的に胸の中でつぶやくのだ。おかげさまでこんな娘になっちまった。

おさんの胸の中に、後悔の涙にくれておさんを見つめる母親の姿があらわれる。するとおさんの気持はたちまち快い復讐の快感に満たされるのだった。無口は、おさんにとって寝心地のいい寝床のようになった。おさんはひたすらその中にもぐりこみ、ぬくぬくとあたたまって月日を過ごした。

しかしあるとき、おさんは突然に母親に対する憎しみを捨てた。伊豆屋に奉公に来て一年たった十五のときのことである。その日おさんは町を歩いていて母親にそっくりの女を見た。女のあとをつけ、家の前までついて行ったが、女は母親ではなかった。おさんは店に帰り、うす暗い女中部屋にこもると一人で長い間泣いた。

泣きながら、子供の頃から胸にしこっていた母親への憎しみが、あとかたもなく消え失《う》せるのを感じ、おさんは明日からはまわりのひとのように物を言おうと思った。あまりに長い間意固地を通して来た自分に嫌悪《けんお》を感じていた。おさんは大人になったのかも知れなかった。

だがおさんは結局、しゃべることが出来なかったのである。言葉は喉《のど》の奥にひっかかって、どうしても外に出て来なかった。言うことがあってしゃべろうとすると、おさんは奇妙なおびえに襲われ声は喉につかえて、無理に押し出そうとすると冷や汗が出るのだ。おさんはもとの無口にもどった。いまも、そのままである。

おさんは兼七を見た。不意に眼に涙があふれた。兼七には話したいことがいっぱいあった。とりわけ民蔵のことを知らせてやりたかった。だがそれだけ話すことがありながら、声はひと言も口に出て来ないのだ。

「ごめんよ、おさんさん」

兼七はあわてたように言った。おさんを無用に悲しくさせたと思ったらしい。

「悪かった。よけいなことを聞いたようだね」

おさんははげしく首を振った。兼七の気持は身にしみるようにわかっている。兼七はおさんの声を聞き取ろうとした、たった一人の男だったのである。

おさんは涙をふいて、兼七に微笑してみせた。

六

二階の奥にある納戸《なんど》に物を取りに行ったおさんは、手代の部屋から話し声が洩《も》れて来るのに気づいて足をとめた。

はじめから立ち聞きするつもりだったのではない。ただ庄次郎の話し相手が民蔵であることが気になったのである。二人は声をひそめるでもなく話していた。

「心配はいらないよ、民蔵さん」

庄次郎の笑いを含んだ声が聞こえた。

「大真寺さんには、今日手を打って来た。それで終りです。明日、うちの旦那は大真寺に行くだろうが、一番のとくい先に首をかしげられちゃ、兼七の方の話を決めるわけにはいかない」

「はい、そうでございましょうとも」

「あんたの方の品物は、うんと売り込んでおきましたからね。まず、大丈夫。旦那は兼七が先口でもあるし、そっちの方の話をまとめる気になっているようだが、なに、最後にはあたしがひっくり返してやります」

「何から何まで、手代さんにはすっかりお世話になります」

「ただ、話がまとまったら了淵《りょうえん》というお坊さんに、もう一度礼をしてくださいよ。うまく話が運べば、あのひとのおかげということになりますからな。お礼はやっぱりお金がいいでしょう」

「むろんです、手代さん。そのつもりでお金は用意して来ました。お寺にも、手代さんにも、そのときは改めてお礼をさし上げるつもりでおります」

庄次郎の満足そうな笑い声が聞こえた。おさんは静かに後じさりした。やっぱり心配したようなことが、裏で運ばれていたのだ、と思った。聞いたことの重大さに、足がふるえた。すると、廊下の板がぎいと鳴った。

その音を、聞きつけたらしい。さっと障子が開いた。庄次郎の姿が、行燈《あんどん》の光を背に黒くうかび上がった。

「何だ、おさんじゃないか」

庄次郎は言ったが、廊下に出て来るとうしろ手に障子をしめた。そのままおさんの方に近づいて来る。

おさんはさっき出て来た納戸の方に追いつめられた。

「おい、いまの話を聞いたな？」

と庄次郎が言った。不意に庄次郎はつかみかかって来て、おさんの両腕をつかんだ。

「何を聞いた？　え？」

庄次郎ははげしくおさんをゆさぶった。おさんは恐怖の眼を見開いて、黒い影のようにかぶさって来る庄次郎を見た。

「さあ、言え、何を聞いた」

庄次郎は、低いおどしの利いた声で言った。いたわりのないはげしい力で身体《からだ》をゆさぶられて、おさんは首ががくがくした。

庄次郎は低い罵《のの》りの声を洩らしながら、手をすべらせて今度はおさんの首をつかんだ。だが、そこで庄次郎は、ふと黙りこむと手の動きをとめた。

肩から二の腕にかけて、おさんのそのあたりはむっちりと娘らしい肉がついている。

庄次郎は手の中にある肉の弾みに気づいたというふうでもあった。おさんの肩をつかんだまま黙って立っている。恐怖におさんは身体がふるえた。

「こわがることはないよ、おさん」

庄次郎は、変にやさしい声で言った。

「立ち聞きしたのならしたと言いな。そう言えば、何もせずに放してやる」

そう言いながら、庄次郎はおさんに身体を押しつけて来た。片手をのばして納戸の戸を開けようとしている。暗い部屋に連れこむつもりなのだ。

おさんの恐怖が絶頂に達した。高い叫び声をあげると、庄次郎の身体を突きのけて、梯子《はしご》の方に走った。ころがるように階下に降りた。

悲鳴におどろいたのか、さすがに庄次郎も後を追って来なかった。二階で障子が開く音がし、庄次郎の声が、叱《しか》るように「何でもない」と言うのを聞いた。

足音をしのばせて明るい茶の間の横を通り、台所にもどると、おさんは手さぐりで水を飲んだ。恐怖でまだ血がざわめいていた。

――兼七さんに知らせなければ……。

少し落ちつくと、おさんはそう思った。庄次郎と民蔵が話していたことは、聞き流しに出来ないことだった。おさんの耳に間違いがなければ、庄次郎と民蔵は裏から手を回して、兼七の方にまとまりかけている話をぶちこわしにかかっているのである。

――だが、どうして伝える？

おさんは字が書けなかった。声は喉の奥に石のようにかたまったままである。台所の闇《やみ》の中に、おさんはいつまでも茫然《ぼうぜん》と立ちつづけていた。

七

潜《くぐ》り戸を開けると、おさんは兼七を外に送り出し、自分も見送って出た。

「それじゃ、おさんさん」

兼七はおさんを振りむいて言った。

「ひと月足らずの間でしたが、あんたには本当にお世話になった。もう、江戸に来ることはないと思いますが、あんたのことは忘れませんよ」

兼七は微笑していた。だが男だから笑顔をみせているのだ。このひとは昨夜眠れなかったろうとおさんは思った。兼七の顔は青白かった。

伊豆屋の主人重右衛門は、兼七が持って来た取引きの話をことわった。大きなとくい先が、新しい紙を入れるのに乗り気でない、あんたの村の紙は上物なのに残念だ、と重右衛門は言った。

兼七はあきらめるほかはなかった。世話になった礼をのべ、明日の朝早く発《た》たせてもらいますと挨拶《あいさつ》した。

外はやっと明るみがさして来たばかりで、町はまだ眠っていた。伊豆屋の者も、まだ眠っている。人気《ひとけ》のない路《みち》に、青白い霧が這《は》っている。

おさんの胸には、悲しみが溢《あふ》れている。手代や民蔵のしていることがわかっていながら、何もしてやれなかったくやしさが、その悲しみを倍加している。何も知らずに、取引きに負けて村に帰る男があわれだった。

「それじゃな、お達者で」

旅姿に身を固めた男は、律儀《りちぎ》に頭をさげて背をむけた。少し行ってから振りむいて笠《かさ》をあげて挨拶した。そして今度は後をふりむかずに足をはやめて去って行った。

おさんは自分が涙を流しているのを感じた。涙で男のうしろ姿がぼやけた。おさんはあわてて眼を拭《ふ》いたが、涙は後から後から溢れ出て、胸の中の悲しみは重くなるばかりだった。おさんは、喉に小さくむせび泣く声を立てた。悲しくて立っていられないほどだった。

――どうしたのだろ？

おさんはそう思った。そのとき、おさんは眼の前に青白い光がはためくように、自分の気持をさとった。兼七と別れたくないのだ、と思った。そう思うと、これまで兼七という男に寄せた気持の底にあるものが、謎《なぞ》がとけるように残らず見えて来た。私はあのひとが好きなのだ。

おさんは不意に走った。兼七に追いついて、そのひと言だけは伝えなければならないという気がした。

道はまっすぐで、豆粒のように小さくなった男の姿が、まだ見えた。おさんは裾《すそ》を押さえて走った。もどかしくなって、途中で下駄を脱ぎ捨て、はだしになった。たちまち砂利が足に喰いこんで来たが、その痛みをおさんは感じなかった。男の姿だけを見つめて走った。

「兼七さん、待ってください」

おさんは叫んだ。その声は胸の中でひびいただけだったが、もう一度叫んだとき、それは澄んだ女の声になった。

おさんは気づかなかった。もう一度声をふりしぼって呼んだ。

「待ってください、兼七さん」

男が立ちどまり、おどろいたように振りむくのが見えた。兼七は、走り寄るおさんをみると、自分も走ってもどって来た。

その胸に、おさんはどっと身体をぶつけた。男の腕が力強くおさんを抱きとめた。

「私を一緒に連れて行ってください」

とおさんは言った。兼七は落ちついた眼でおさんの顔をのぞきこんだ。

「一体どうしたと言うんだ、おさんさん」

「私を連れて行って」

おさんはうわごとを言うように繰りかえした。

「あなたの家に、連れて行ってください」

「いいとも」

しばらくして兼七は言った。

「それは私が言いたかったことだよ、おさんさん。あんたに傷の手当てをしてもらったころから私はそう言いたかったのだが、私は子持ちです。自分の口からは言えなかった」

「ほんとですか？」

「ほんとだとも。取引きはだめになって、嫁など連れて帰ったら、村のひとに怒られるかも知れないが、私はしあわせ者だ。江戸に来た甲斐《かい》があったというものです」

「ありがとう、兼七さん」

「それにしても、一度お店にもどって、ご主人にことわりを言わないとな」

そう言ってから、兼七ははじめて訝《いぶか》しそうにおさんを見た。

「あんた、こうしてちゃんと話せるのに、いままでどうして口を利《き》かなかったんだね」

おさんは答えずに微笑した。そんなことはおさんにだってよくはわからない。ただおさんは、いま新しい女に生まれ変った自分を感じていた。ついさっきまでの自分が、遠い他人のように思える。

店にもどる途中で、兼七は立ちどまっておさんの下駄を拾った。おさんの足の埃《ほこり》をはらい、下駄をはかせながら、兼七は言った。

「あんたのようなきれいなひとを、まわりの男のひとたちはどうしてほっておいたものだろうね」

おさんは顔を赤くした。しあわせな気持に胸を満たされていた。

町は少しずつ明るくなって来ていた。道に早出のひとの姿が、二、三人見えて、霧はもう消えようとしている。

店にもどったら、旦那《だんな》にあのことを話してみようかとおさんは思いはじめていた。話せば旦那はさぞびっくりするだろう。そして兼七との取引きも考え直してくれるかも知れない。手代の庄次郎はただでは済むまいが、かまうものかと思った。おさんの胸の中に、以前はなかった勇気のようなものが芽ばえている。

兼七のために、やってみるべきことだった。おさんは、男によりそい顔を見上げながら言った。

「兼七さん、取引きのことですけど、ひょっとしたら大丈夫かも知れませんよ」

時雨《しぐれ》みち

機屋《はた》新右衛門は、さざん花を見ている。こんなに大きな木だったかと思っていた。池のそばにある松などにくらべると、幅はさほどではないが、木の頂きは、すぐそばの塀《へい》をはるかに抜いて、枝の先は灰色の空までのびている。その枝頭にも花が咲いていた。

木の回りの湿った地面に、夥《おびただ》しい花びらが散っている。そして木は、まだ夥しいつぼみをつけていた。寒くなるのを待っていたように咲きはじめた花は、ひらききるやいなやすぐに散りはじめるものらしい。

そういったことに、べつに今日はじめて気づいたわけではない。塀ぎわのさざん花は、茶の間からまっすぐ見える場所にあって、部屋を出入りするたびに目についた。

花は白である。晴れた日はさほど目立たない、むしろ貧しげな花だが、曇り空の下や、小雨の日には、花がある一画だけ、ほのかな明るみに包まれて、あ、さざん花が咲いているなと思わせるのである。

だが、こうしてそばに立って、しみじみ花を眺めたなどという記憶はなかった。ただ季節の目安に目にとめただけのようである。いそがしくて、花どころではなかったのだと、新右衛門はあらためて考える。

もっとも、曇っている午後の庭に、そこだけ沈んだ光を湛《たた》えている花木にひかれて庭に降りたものの、感じ入って長く眺めている花でもない気がした。新右衛門はやり手の商人で、日々の関心は、あらかた商いのうま味にむけられている。風流とは縁遠かった。酒は少々飲むが、女も買わず、小唄《こうた》もならわず、商い仲間からは堅物とみられている。

――あだげない花だの。

新右衛門はすぐに倦《あ》きて、そう思った。うつくしさからいえば、さざん花よりも、庭の隅にある黄菊の方がきれいだと思った。

いそがしくはない。店の方は新右衛門が出なくとも番頭の彦蔵が万事仕切っていて、新右衛門がそうして庭をぶらついている間にも、機屋の富は休みなくふえつづけているのである。

底つめたい空気が澱《よど》んでいる庭を横切って、新右衛門が菊がある方に歩きはじめたとき、家の中から男の声が新右衛門を呼んだ。振りむくと手代の参吉が縁側に膝《ひざ》をついている。

「何か、用かい？」

「市助さんがおみえになっていますが……」

「いると言ったのかい？」

「はい」

新右衛門は、少し顔いろを曇らせた。新右衛門は若いころ、大伝馬町《おおでんま》の太物問屋安濃屋《あのう》に奉公した。市助はそのころの奉公人仲間で、年もひとつか二つしか違わない男だが、いまは境遇に大きなへだたりが出来ていた。

新右衛門は、太物卸の機屋といえば、芝神明《しんめい》のあたりで知らない者がいないほどの店の主人であり、市助は、その機屋からわずかな品を卸してもらって、行商で喰っている人間である。

一年ほど前に、ひょっこりと市助がたずねて来て、品物を売らせてくれと言い出したとき、新右衛門はびっくりしたが、喜びもした。市助に会うのはあらまし二十年ぶりで、懐《なつか》しかった。市助の頼みには、そんなことならお安いご用だと答え、その日はとりあえず店の近くにある馴染《なじ》みの小料理屋に誘って、夜おそくまで昔話をした。

新右衛門は、市助にほとんど儲《もう》けなしで品物を卸した。店の者には、市助を粗略に扱わないように言いつけ、新右衛門自身も、手があいているときに市助が来ると、茶の間に通したり、例の小料理屋に連れて行って一杯飲ませたりした。

いまも市助に対する扱いは、それほど変ったわけではない。市助は月に二度ほど来て、安い値で品物を仕入れて行く。新右衛門が店にいなくとも、番頭の彦蔵が、店先にお茶を運ばせてひとしきり市助の相手をし、笑顔で取引きして帰しているはずだった。

ただ新右衛門は、ここ二月ほど、市助と顔をあわせていなかった。市助が仕入れに来たとき家の中にいても、組仲間の寄合いだとか、上方《かみがた》から来た客のもてなしで外に出ているとか、彦蔵に言いふくめて居留守をつかった。

市助に会っても、おたがいの暮らしむきのこととか、安濃屋に奉公していたころの話しか出ない。暮らしのことは、ひととおり話してしまえばそれだけのものだし、昔話といっても、そうそうきりがなくあるものでもない。

これが商いの仲間とか、遊びの仲間とかであれば、尽きない話というものもあるわけだが、市助との話は限られている。若いころのつき合いから面倒をみるという形になってしまうと、話題はよけい限られて来た。そうそうまめにつき合うこともあるまい、と新右衛門は考えるようになっていた。

だが、それだけが居留守をつかう理由だとも言えない。ぶり返したつき合いが一年ほどたつ間に、新右衛門は市助に対して、どことなく釈然としないものを感じるようになっていた。その感じは、少しずつたまって、いまは気持の底に澱《おり》のように沈んでいた。

たとえばこういうことだった。新右衛門は昔の仲間、それも四十を過ぎて行商で喰っている男から儲けることもなかろうと思い、仕入値同然の値段で市助がのぞむものを卸してやっている。二、三日支払いを待ってくれと泣きつかれれば、それも承知した。二、三日が四、五日になっても、催促したことはない。市助は、いまも昔もおとなしい男で、新右衛門には、そういう市助の面倒をみるという気持がある。

だがそういう扱いを、市助がさほど有難がっているともみえないのである。市助は、新右衛門に対して、そうまでしなくともと思えるような、卑屈な言葉を使ったり、表情をつくったりする。だが、新右衛門が品物の取引きのことで、特別なはからいをしていることについては、ひと言も触れたことがなく、礼を言ったこともないのだ。

有難がってもらいたい、というのではなかった。市助との取引きは、機屋の商いからみれば微々たるものだった。目くじら立てるほどのことではない。しかし、だから当然だという顔をされては、新右衛門もいい気持はしない。

市助は、行商をはじめてから五、六年になるのだ、と言う。してみれば、卸値の相場を知らないというのでもなかった。べつに礼を言われたいがための好意ではないが、その好意に対する市助の黙殺ぶりは、腑《ふ》に落ちないものだった。

――それに、貸した金のことがある。

庭から縁側に上がりながら、新右衛門はそう思った。会って話している間に、何度か市助に小金を貸した。暮らしにこまっているようなことを言われて、そのつど財布から出してやった金だが、積もって五両ほどになっているはずだった。

べつにすぐ返してもらわなくともよい。だがくれてやったわけじゃない、と新右衛門は思う。ところが、その借金についても、市助はいつ返すとか、もう少し待ってくれとか言ったためしがないのだ。借りっぱなしだった。

五両という金は、組仲間の誰それとそのあたりの料理屋に行き、芸者でも呼べば一晩で散じる金である。だが、だからといって借りっぱなしで当然という顔をしていいものではあるまい。

――ついでだから、借金の催促でもしてみるか。

弾まない足を店に運びながら、新右衛門はそう思った。店先で借金の催促でもあるまいから、外に連れだすことになるか。

「商いはうまくいってますか、市さん」

小女の酌でひととおり酒が回って、世間話もすんだところで、新右衛門はそう言った。

「ええ、どうにか。ま、親子四人飢えずに年が越せそうでござんすよ」

「そりゃよかった」

新右衛門は、おあさという小女に、市助にお酌をするように眼くばせしながら言った。

「しかし、何だな。市さんも正月を迎えると四十二、いや？　四十三か」

「へい、四十三ですよ。旦那《だんな》より二つ年下ですかな」

「旦那はやめてくれないか」

新右衛門は苦笑した。だが腹の中ではもっとにがい顔になっていた。旦那などと呼ばれても面白くはない。市助と飲んでも、少しも楽しくなかった。

「あんたにそう呼ばれると、気味が悪い。昔のように助次郎と言ってもらいたいものだ」

「なにをおっしゃいますか」

ねえ？　と市助はおあさに顔をむけ、同意を強いるように自分でうなずいてみせた。

「そちらさんは、芝でかくれもない機屋の旦那で、こちらはしがない背負い売りの商人。身分が違いますよ」

「あたしは、身分でつき合っているつもりはないよ」

と新右衛門は言った。さっきから腹の中に動いているいらだちが、少しずつ軽い怒りに変りそうな気がしている。

おとなしい口ぶりで、殊勝なことを言っているが、市助はやはり、はじめからしがない身分を逆手にとって、裕福に暮らしている昔の仲間にたかるつもりだったのではなかろうか。これまでつとめて避けて来たその考えが、おあさに催促の盃《さかずき》をつき出している市助を眺めているうちに、胸にふくれ上がって来るようだった。

市助がそのつもりでいるなら、べつに甘い顔をみせることはないと思った。商いは商いと割り切った取引きをさせてもらうしかないし、貸した金は返してもらわねばなるまい。

「あさちゃんや」

そろそろお店の方がいそがしいだろうから、ここはもういいよ、と新右衛門はおあさに言った。おあさは、客と話を合わせるどころか、ろくに酌もとれない娘である。

気がつくと、膝の上で銚子《ちょうし》をつかんでぼうっとしている。

部屋の中がうす暗くなって来ていた。新右衛門は、おあさに行燈《あんどん》の灯をいれさせ、いつもしているようにおひねりを渡して店にもどすと、あらためて市助に酒をついだ。

「しかし、何だね。あんたもいつまでも背負い売りじゃ大変だな」

「ええ、まあ」

「おたがいに、そろそろ年だからの。あたしなんか、四十を過ぎてからこのかた、しじゅうどっかぐあいが悪くてね。とても若いときのような無理は出来ない」

「おっしゃるとおりでござんすよ」

「あんたも、いまさら奉公で出直すわけにもいくまいから、いずれ店を借りて自分で商いをするほかはなかろうが、少しは金がたまったかね」

「とんでもございませんです」

市助は手を振った。新右衛門にむけた顔が酔いで真赤になっている。小柄で顔も痩《や》せているので、市助は猿に似て見えた。その顔に、卑屈な笑いがうかんでいる。

「この前旦那に申し上げたように……」

「市さん、その旦那呼ばわりはやめなさいというんだよ」

新右衛門は、ついけわしい声を出した。

「あんたに旦那などと呼ばれると、あたしはぞっとする」

「さよですか」

市助は怪訝《けげん》そうな顔をした。

「そうとも。かりにも昔の仲間をつかまえて、旦那はないよ。あんたはそうしてあたしをおだてておけば、何かいいことがあると思ってるかも知れないが、はばかりながらあたしも商人。けじめをつけるところはつけますよ。よござんすか」

「そりゃ、もう」

市助は途方に暮れたような顔をした。新右衛門が、急にいきり立ったのが解《げ》せないというふうにもみえる。

少し言い過ぎたかな、と新右衛門は思った。若いころの市助を思い出していた。そのころ助次郎といっていた新右衛門は、二十三で手代になった。五年間手代を勤め、そろそろ三番番頭にという話が出たころ、引き抜かれるようにして機屋に婿《むこ》入りした。

市助は二つ年下だったが、新右衛門が安濃屋を去るとき、まだ手代にもなれず、下の者に追い抜かれてうろうろしていたのである。もともとが魯鈍《ろどん》なたちなのだ。だからこそ四十を過ぎたいまも、こうして背負い売りで暮らしている。

そう思うと、ここ二日ほどの間、市助に対してひそかに抱きつづけて来た奇妙ないらだちも、ふとただの思い過ごしだったようにも思えて来た。この男に、ひとにたかる才覚があるはずはない。市助は、もともとこれだけの人間だったのだ。

だが、言うだけは言ってやるのがいいだろう。新右衛門は表情をやわらげた。

「つき合いはね、市さん。安濃屋の奉公人仲間でいいのさ。しゃちこばることはいらないよ。あんたもそのつもりであたしの店に来ているんだろうし、あたしもそのつもりだから悪いようにはしてないつもりだ」

「そりゃ、もう」

「ただ、だからといって、だらしないつき合いはおことわりだよ。あんたに都合したお金なんてものは、大した額のもんじゃない。だが頬かむりは困るんだねえ。こういうけじめというのは、あんたも商人だ。わかっていなさると思ったがね」

恐縮して詫《わ》びを言うかと思ったら、市助は返事をしなかった。うつむいたまま、手酌で酒をついだ。

妙な男だと新右衛門は思った。酔いがまわって、こちらの言っていることもわからないのかと思ったとき、市助が顔をあげて新右衛門を見た。

小さくて酔いに濁った眼だった。市助はその眼を二、三度またたいてから言った。

「昔のことですがね。おひささんというひとをおぼえてますか」

新右衛門は胸を起こした。思わずさぐるように市助を見た。市助は眼を伏せずに見返している。

新右衛門はこくりと喉《のど》を鳴らしてから言った。

「おぼえているとも、安濃屋で女中をしたひとだ」

「いまどこにいるか、ご存じですか?」

「あたしが?」

新右衛門は苦笑した。

「あたしがおひささんの居場所を知るわけはない。いま、あんたに名前を聞いてびっくりしたぐらいだから」

「裾継《すそつ》ぎで働いてますよ」

「……」

「一年ぐらいも前でしょうか。仲町の路《みち》でばったり会いましてね。いやもう、昔とはすっかり変っているので、びっくりしました」

「なるほど」

と新右衛門は言った。

「それで、おひささんと昔話がはずんで、あたしの悪口なども聞き出したというわけかな」

「違いますよ、旦那」

と市助は言った。市助の顔にうす笑いがうかんでいる。

「旦那の話などはしませんでした。だけど、あたしゃ昔のね、あのことを知ってるんです。誰にも言いませんでしたけどね」

そうか、と新右衛門は思った。市助の顔をじっと見た。おひさとのことは、誰にも知られずにうまく始末したつもりだったが、やはり気づいた人間はいたのだ。

なるほど市助のような男でも、そのときのこといまのおひさの境遇を結びつけて、ひょっとしたら機屋の儲けにたかるネタになるかも知れないと踏んだわけだ。そう思って眺めると、小柄で猿のように赤い顔をした四十男が、なかなか油断ならない狡猾《こうかつ》さを隠しているようにも見えて来る。

だが古い話だった。とっくにカビがはえた話だと思った。少なくとも市助は、その話を持ち出して来るのが十年おそかった、と新右衛門は思った。もっともそのあたりの才覚の鈍さが、市助らしいと言えなくもない。

「なるほど」

新右衛門は微笑した。

「それであんた、そのことをあたしの女房にでも話すつもりかな」

「……」

「昔の女が、おちぶれて裾継ぎで女郎をしているなどと聞いたら、女房はたしかに驚くかもしれませんな」

新右衛門は軽い笑い声をたてた。ぐさりとやられたようだった気分から、もう立ち直っていた。何か言おうとする市助に、新右衛門は押しかぶせるようにして言った。

「だけど、それだからあたしが言ってくれるなと頼んだりするかと思ったのなら、そりゃ市さん思い違いだ。いまさら昔のことが女房に知れたって、あたしはちっとも困りはしない」

風邪がなおり切っていない女房は、夜の食事を済ますと、すぐに寝間にひっこんだ。一人娘のおふみも、さっさと自分の部屋にひき揚げて、新右衛門は茶の間に一人とり残された。

番頭の彦蔵は通いで、家に帰ったたし、奉公人たちは台所で飯を済ませたあと、夜の挨拶《あいさつ》を残して二階に上がってしまった。台所から、後片づけをしている女中の話し声と、瀬戸物の音が遠く聞こえて来るばかりである。

庭に雨の音がしている。新右衛門は火鉢の火を掻《か》き立ててから、お茶をすすった。おひさという女のことを考えていた。市助は、新右衛門がおひさのことを持ち出されても動じないのをみて、機屋の主人の弱味を握っていたつもりが、とんだ思惑違いだとさとったらしく、急に態度を変えた。

もともとの小心さをむき出しにして、借金のこともあやまり、早々に帰ってしまった市助のことは、それで気持が片づいたが、かわりにおひさのことが気重く残ったようだった。それはにがい思い出だった。

――若かったとはいえ……。

よくあんな無分別で、残酷な仕打ちが出来たものだ、と新右衛門は思った。思い出のにがさは、おひさがいま裾継ぎで女郎をしているという市助の言葉を重ねると、倍加してただならない苦汁を胸に溢《あふ》れさせるようだった。

安濃屋は、そのころの大伝馬町の太物問屋がおしなべてそうだったように、店に女を置かなかった。台所仕事から家の中の拭《ふ》き掃きまで小僧がやった。だが安濃屋の主人佐兵衛は、すぐそばの小舟町に家を構えていたせいで、時どき家からおかみや女中を呼んで、台所向きの仕事を検《あらた》めさせたり、指図させたりした。むろん女たちは店に泊ることはなく、日があるうちに家にもどる。

しかし男女の仲ほど不思議なものはない。そのころ助次郎といった新右衛門と、安濃屋の女中をしていたおひさは、そんな窮屈なしきたりの中で、はげしく好き合うようになったのである。

まわりの眼のきびしさが、かえってひそかな忍び会いを一途《いちず》なものにした。そんなことが出来たのは、新右衛門が手代で、外に出ることが多かったからである。外で会い、次に会う約束もそこでした。おひさが台所の用で店に来ても、二人は店の中では顔も合わせないほどに用心をした。

二年ほど過ぎたころに、新右衛門は取引きで時どき顔を出していた機屋で、主人かららじきじきに婿に望まれた。思いがけない運がめぐって来たのだった。

新右衛門は一度はことわった。だがことわったあとに、みすみす訪れた幸運をとりにがした後悔が残った。後悔したそのときに、おひさから少し心が離れたのだが、新右衛門はすぐには気づかなかった。

おひさよりも、機屋の縁談の方に心が傾いていることを、はっきりとさとったのは、ちょうどそのころおひさから、子供を身籠《みごも》ったと打ち明けられたときである。

――あのときは、崖《がけ》っぷちを爪先《つまさき》でわたったのだ。

と新右衛門は思う。若くて、先も足もとも見えないから出来たことだった。いまなら、とてもあんな真似《まね》は出来ない。

機屋の主人から、二度目の話が出た。主人は新右衛門の勤めぶりを持ちあげ、婿に来てくれれば、店は娘夫婦にまかせてわれわれは隠居してもよい、と言い、話のついでのように安濃屋が莫大《ばくだい》な借金を抱えていることを話した。あの店は間もなくつぶれますよ、とも言った。

はっきりと決心がついた。新右衛門はおひさを子おろしの医者に連れて行った。そして誰にも知られることなく、首尾よく子供の始末がついたとき、おひさからも心が離れた。憑《つ》き物《もの》が落ちたようだった。

そのあとどう言いくるめて、おひさに別れ話を承知させたものか、新右衛門には、はっきりとは思い出せない。ただ、いまのようなことをつづけていれば、二人とも身の破滅だと、半ば脅しをかけた自分の言葉をおぼえている。

おひさはおとなしい女だった。歯むかうようなことも言わず、また男の一方的な別れ話の裏をさぐるような気配も見せなかった。ただ、このまま狂うのかと、新右衛門がおびえたほど泣いた。出合い茶屋を兼ねる小料理屋の奥、汚れた壁に行燈《あんどん》の灯がまたたく部屋で、おひさの泣き声に耐えながら、新右衛門はそのときただ、もう少しの辛抱だ、もう少しでこの修羅場から逃げ出せると思っていたのである。

新右衛門は、立ち上がって縁側に出ると、雨戸を一枚繰って庭をのぞいた。暗い庭に、雨の音がしている。昼に見たさざん花は、そこからは見えなかった。

若いころは、さほど心が痛まなかったことが、いまになって身もだえするほどに心を責めて来るのはなぜだろうと、新右衛門は思った。こごえるような夜気が、庭から這《は》いのぼって来て身体《からだ》を包むのを感じながら、新右衛門は凝然と雨の音を聞いた。

市助の話によれば、おひさは安濃屋がつぶれる前に暇をとって、鳥越《とりごえ》の桶《おけ》職人に嫁に行ったという。してみれば、いま女郎の境涯に落ちたのは、新右衛門との間にあった過《あやま》ちのせいだとは言えない。かかわりがないといえば、かかわりがないのだ。

そう思いながら、新右衛門は暗い庭の奥に、ほっそりした身体つきで、笑顔が子供っぽかったおひさの姿が、まぼろしのように立ちあらわれて来るのを感じていた。

一ノ鳥居をくぐると、左手に火ノ見櫓《やぐら》が見えて来る。その火ノ見の東にひろがる町が、俗に櫓下と呼ぶ遊所で、裾継ぎは、その櫓下の北側にある。櫓下は、吉原を模して芸者、女郎を茶屋に呼び出して遊ぶ場所だが、裾継ぎはそうではない。軒をならべる妓楼《ぎろう》に、客はそのまま入って行く。

若いころ一、二度来ただけの町だが、新右衛門は迷いもせず、町の路地を通り抜け、市助から聞いた一軒の妓楼の前に立った。

時刻は宵の口を過ぎたばかりだが、路には妓楼の灯がこぼれ、その中をこれからあがる家を吟味しながら、男たちが歩いていた。その家の中から、男たちを目がけて女の声がとぶのに、男たちも歯切れのいい言葉を返していた。どれも若い男たちで、寒さなど気にしていないようだった。

新右衛門は、古びた軒のあたりを眺めながら、しばらく立っていた。一度は会うものだろうと決心して来たのだが、そこまで来てまた迷いが出たようだった。このまま帰ってしまったところで、べつに悪いわけではない。中に入って、おひさと顔をあわせるのがこわいようでもあった。目の前の妓楼の、灯が暗く貧しげなのも気おくれをつのらせる。

引き返そうか、と思ったとき、家の中から遣《や》り手ばあさんとみえる女が走り出て来て、いきなり新右衛門の袖《そで》をつかんだ。

「さあさ、こんな寒空にいつまでも立ってるものじゃありませんよ、旦那《だんな》」

女は、さっきから新右衛門の様子を窺《うかが》っていた口ぶりで、陽気に言った。

「だれか？　馴染《なじ》みの子でも？」

「お松というひとがいるかね」

強い力で家の中にひっぱりこまれながら、新右衛門はおひさの源氏名を口にした。

通された部屋の貧しさに、新右衛門は鳥肌が立つような気がした。畳はケバ立って、あちこち白くなっている。壁は汚れて、赤茶けた瓦版《かわらばん》の刷り物が二枚も貼《は》ってあるのは、穴ふさぎらしかった。破れた紙を、乱暴にむしったあとがある小屏風《びょうぶ》には、女の肌着がかかったままで、その陰に、折り畳んだうすい夜具の端がのぞいている。

――こんなところで身体を売らなければならないのだとしたら……。

昔のことはかかわりがない、とそ知らぬふりは出来ない。やはり来てよかったのだ、と新右衛門は思った。

酒が運ばれて来たが、新右衛門は手をつけずにおひさがあらわれるのを待った。長い間待たされたあとで、ようやく廊下に足音がした。ひきずるようなだらしない足音だった。

「こんばんは」

入って来た女が、にっと笑いながらそう言った。新右衛門は眼をみはった。人違いではないかと思った。

むくんだような青白い顔をして、胴も腰も樽《たる》のように太った女だった。だがその女は、坐《すわ》っている新右衛門を見ると、すぐに言った。

「おや、助次郎さん。まあ、おめずらしい」

「……」

「どうしてここがわかったのさ。あたしゃはずかしいよ」

「市助に聞いたものでね」

言いながら、新右衛門は身体の中にもの悲しいようなものがするりと入りこみ、やがて胸の中をいっぱいに満たすのを感じた。

「ま、一杯いこうか」

新右衛門が銚子《ちょうし》をとり上げると、おひさはうれしそうに盃《さかずき》をつき出した。

「市助さんに会ったんですか？」

「ああ、いま家《うち》の品物を売って歩いている」

「そういえば、助次郎さんはいまは大店《おおだな》の旦那なんだものね。機屋《はた》と言ったたっけ？芝のあたりじゃ聞こえたお店だって言うじゃないか」

「知ってたのかい？」

「そりゃ知ってたさ。あんたは、あたいをだました男だもんね」

おひさは赤い口をひらき、つぶれた声で笑った。

新右衛門は、伏せていた顔をあげた。

「あんたいまも、あたしを怨《うら》んでいるかね？」

「怨む？」

おひさは新右衛門をじっと見た。

「変なこと言わないでよ。そりゃあのときは怨んださ。あんたがうまいこと言ってあたしを捨てたのは、ちゃんとわかってた。でも仕方ないと思ったね。八つ裂きにしてやりたい気持になったのは、そのあとしばらくして、ちゃっかり機屋の婿《むこ》におさまったと知ったときさ」

「……」

「あたしゃ、あの家に火つけてやろうかと思った。あんたは知らないだろうけど、ほんとにそう思って、芝のお店の近くまで行ったんだから」

「……」

「でも、みんな昔のことさ。こうしてあんたに会うまで、そんなことがあったなんて、みーんな忘れてた」

おひさは短く笑って、手酌で酒をあおった。

「あたいもいろんな世の中を渡って来たからね。いつまでもあんたを怨んでもいられないじゃないか」

「あんた、ご亭主は？」

「二人持ったけど、二人とも死んじゃった」

「子供はいなかったのか」

「あのとき流した子供が、たった一人の子供でさ。あとは出来なかったね」

はじめ一緒になった桶《おけ》職人は、まじめに働く男だったが、五年ほどして病死した。

おひさは夫に死なれたあと、仲町に来て料理茶屋の女中をした。そして三十近くなって、馴染み客の小商人《こあきんど》に見そめられ、一緒になったが、この小間物屋が極道者だった。

男が死んだあとに、山のような借金が残っていて、おひさは家屋敷を奪われてまだ残る借金の方《かた》をつけるために、いまの境涯に身を沈めたのである。

「もう借金は残ってないよ」

おひさはうす笑いをうかべた。

「だけどこの年になって、いまさら外に出ても仕方ないしね。こうやって男を相手に暮らしてるのも、結構気楽なもんさ」

だが、もうそろそろ年だろう、と新右衛門は厚い化粧の下に刻まれている、夥《おびただ》しい小皺《こじわ》を見つめた。

用意して来た金の包みを、新右衛門はおひさの前に置いた。

「これ、何かの役に立つだろう。とっておいてくれないか」

「なに、それ？　あんた、どうしたの？　ちっとも飲まないじゃないか」

言いながら、おひさは袱紗《ふくさ》包みをひきよせてあけた。金だとわかると、おひさは顔をあげて新右衛門を見た。

「どうしたの、こんな大枚のお金」

「二十両ある。ここを引き揚げて、何か小体《こてい》な商いでもするつもりがあるなら使ってくれ」

「へーえ」

おひさは言ったが、新右衛門から眼を放さなかった。

「二十両とは大金じゃないのさ」

「ま、あたしのほんの気持だ」

「だけど、あたしゃただでこんなお金をもらうわけにはいかないよ。あたいと寝るってのなら、商売だからどんな大金でも頂くけど、寝る？」

「……」

「そんな気持はないんでしょ？」

嘲《あざ》けるような声でおひさが言った。

「昔のお詫《わ》びだってつもりだろ？　罪ほろぼしのつもりだろ？　冗談じゃないよ」

おひさは金をつかみ取ると、壁にむかって叩《たた》きつけた。貧しげな部屋に、小判の音がひびきわたった。

「昔のことを言い出すんなら、百両、二百両の金積まれたって承知出来るもんか。だけどあたしゃ、あんたのような人でなしに惚《ほ》れたのが身の因果と、きっぱり忘れてたんだ。それを何だい、いまごろ旦那づらしてしゃしゃり出てきてさ。鼻くそほどの金さし出して、いい子になろうたって、そうはいかないよ」

「……」

「あわれんでなどもらいたくないね。あたいの方でお前さんをあわれんでたんだ。芝で知られた店か何か知らないけどさ。大店の婿の口に眼がくらんで、冷や汗たらたらであたいをだまして逃げた男がいたっけってね」

「……」

「見当違いしない方がいいよ、助次郎さん。お前さんが稼《かせ》いだ汚い金なんか、ビタ一文だって手にさわるもんか。残らず拾って帰ってくださいよ」

新右衛門は、畳を這い回りながら金を拾いあつめた。全部拾い終ると、もとのように袱紗に包んで懐《ふところ》にしまい、黙って立ち上がった。部屋を出ようとする背に、斬《き》りつけるようなおひさの声がとんで来た。

「今夜の酒はおごりだよ。二度と顔を見せないでおくれ」

新右衛門は廊下に出ると、うつむいて梯子をおりた。そのとき、出て来た部屋から、おひさの泣き声が聞こえた。しぼるような声だった。

新右衛門は梯子の途中に立ちどまって、しばらくその声を聞いたが、部屋にはもどらず、そのまま梯子をおりた。

次の日の夜。新右衛門はまたおひさがいる妓楼に行った。懐に五十両の金を用意していた。受け取るかどうかはわからなかったが、それを渡さない限りは、おひさとのつながりは切れないのを感じていた。

だが、おひさの名前を言うと、遣り手ばあさんは困った顔になった。

「あのひとは、ここをやめましたよ」

「いつ？」

「ゆうべ、急にそういう話になってさ。今朝出て行きましたよ。借金があるひとじゃないからね。それに、ぜひともひきとめたいという女子でもないから、話はあっさり決まったようだね」

「……」

「お松なんかより、もっと若くて器量のいい子がいますよ、旦那」

ともかく上がれと袖をつかむ女の手を振り切って、新右衛門は妓楼を出た。

暗い夜だった。馬場通りに出ると急に雨が降って来て、新右衛門は濡《ぬ》れた。道を歩いていた人びとが、あわてて商家の軒下に駆けこむのが見えたが、新右衛門はかまわずに歩いた。空駕籠《かご》が寄って来て声をかけたが、それもことわって歩きつづけた。

路わきの商家の屋根や地面に、ひとしきり音を立てた雨は、一ノ鳥居をくぐって黒江町にかかるとはたりと止《や》んだ。そして寒さが襲って来た。

――機屋の旦那も、大したことはないのさ。

と新右衛門は、胸の中でつぶやいた。女房のおそのは、十数年来役者狂いをつづけていた。娘はどこで知り合ったのか、やくざまがいの男につきまとわれ、その男と手を切らせるのに、この春百両という金を使ったのだ。みんなばらばらに生きていた。

あのとき、おひさと一緒になっていたら、もう少しましな暮らしが出来ただろうか、と新右衛門は思った。だが考えても何の足しにもならない物思いだということはわかっていた。

すべてがやり直しのきかないところに来ていた。そのままで行くところまで行くしかない齢《とし》になっていた。

おひさは、あのときなぜあんなに泣いたのかと思ったが、そのわけがよくわかった気がした。あの女も、もうやり直しがきかない齢をさとったのだろう。貧しい妓楼の部屋から洩《も》れて来た泣き声が、二十年前の小料理屋で聞いた声と酷似していたのを、新右衛門は思い出していた。

暗い空に、まだ雨の気配が動いているのを感じながら、新右衛門は身ぶるいをこらえながら歩きつづけた。

解説

岡《おか》庭《にわ》昇《のぼる》

山本周五郎の後継者として、すっかりその地位を定めたかに見える藤沢周平の世界は、ひとくちにいって一種の虚無をその底部に置いているように思われる。〝断念〟といいかえても良い。といっても、虚無だからただ無為に厭世《えんせい》的であったり、断念が前提にあるから無倫理《ア・モラル》だというわけではない。むしろ、藤沢が描く人々は、その逆である。すなわち虚無をふまえているからこそ人々の生き死にに対して過敏に関係してゆかねばならず、また断念の上に立って、かえって果敢に難題の克服や正義の実行が要請される。幻想など夢見るにはあまりにも現実を知っているがゆえに、かえってしばしば〝現実的〟と称される卑小、汚穢《おわい》な解決に対して、異議申し立てを行なわずにはすまないのである。甘えや感傷を排した現実への注文と、断念をふまえた果敢な行為のはてに、おのずと垣間《かいま》見られる夢と感傷。そこに藤沢文学の、逆説的な魅力の本質がある。

わたしが藤沢周平の描く人物たちに魅《ひ》かれるのは、そのしなやかな強さ、意志の勁《けい》烈《れつ》さといった側面である。くりかえすまでもなく、彼らには甘えの構造はない。彼らは現実に何も期待せず、しかし現実のあるがままな汚穢をけっして許容しないという点において、真に勁烈なのである。わたしは、書かれた知や教養とは違う（真の意味で思想と呼んでもいい）なにかを学ぶために、秀《すぐ》れた大衆文学を読む。いかなる気の利《き》いた戦後民主主義批判の言説よりも、ヒューマニズムの虚妄《きょもう》を教えてくれたのは五《ご》味《み》康祐《やすすけ》であるし、生き死にの疎外《そがい》がどのような欲望を反対給付として（もうひとつの疎外として）人々に強いるかをつきつけてくれたのは黒岩重吾であった。社会学や文化人類学など、かれらの像のインパクトに比べれば、何ほどの発見も与えてくれるわけではない。藤沢周平の場合、それは静かな意志、ひかえ目な倫理の実行といったものである。ただ、それらは国家や共同体や掟《おきて》などによって負わされたものではない。たとえば、仲間の逃亡と隠棲《いんせい》を見のがしてやろうと考える公儀隠密《おんみつ》・塚本半之丞《はんのじょう》（『帰還せず』）のように、しばしば藤沢の人物たちは立場やタテマエを無視して発想する。みずからの内部に発している倫理であるだけに、決して転向することがないのである。平ったくいって、意志の強い人間ほど声は低いものだ、という真理を教えてくれたのは藤沢世界であった。獄医・立花登シリーズのような明るい青春物でも、主人公は自分を呼びすてにする年下の従妹《いとこ》や、台所で飯をくわせる叔母に、決して大声で怒ったり、抗議したりはしない。が、逆にいえば決して彼らのやり方を認めたり、屈服したりはしないのだ。分らぬ相手を、コトバによっていっきょに分らせるわけにはいかない。これが、作者に似てしたたかに成熟した立花登の原理だ。しかしそれは、同時にいくら低声《こごえ》であれ呟《つぶや》きつづけること、そしてきちんとした態度をとり続ける限り、必ず他人は動かされるのだ、という一種の楽天主義と背中あわせである。このペシミズムとオプティミズムの奇妙な二重性、わたしのコトバでいうなら断念に支えられた意志こそ、こつこつと社会生活を積みあげてきた藤沢周平の、現実体験の要約にほかならないであろう。人の世に倫理は存在せず、人の関係は利害と立場、打算とエゴに充《み》ち充ちている。だからこそこの世のどこかに、正義や規範、感傷や愛が存在しなければならないのである。

短篇集《たんぺんしゅう》『時雨《しぐれ》みち』は、一九八一年、青樹社から刊行された。七九年から八一年にかけて、「問題小説」、「週刊小説」、「小説宝石」などに発表された十一篇を収録しており、大ざっぱにいって隠密物等の武家物と市井《しせい》を描いた町人物に分れるが、初期傑作『暗殺の年輪』のころと違って、両者の描き方にほとんどタッチの差がない。それだけ成熟をとげたといえる。

時代小説の名手は、山本周五郎にせよ、池波正太郎にせよ、一幕物の戯曲の如《ごと》く、場を設定する名人である。やや内省的、思弁的という個性の違いはあれ、藤沢もまたこのような〝場面〟の名人芸をもっている。が、しばしばみずからの起承転結の技巧に嫌気《いやけ》がさして、われとわがドラマツルギーに叛逆《はんぎゃく》したくなるのも、このようなタイプの作家における共通の現象なのではないだろうか。晩年の山本周五郎は、しばしば未解決の荒野に人物たちを放り出してみせた。物語による救済をつきぬけてしまったところに、物語の成熟の最後の場所があった。いいかえるなら、場所の設定の上における人物たちの帰去来、絶対的なしがらみのぶつかりあいを一切ぬぐい去って、ただ場所を場所だけとして提示したところに、もろもろのシーンをこえた〝未解決〟の凄《すご》味《み》が造型されたのである。藤沢周平の場合、ほぼ『溟《くら》い海』『暗殺の年輪』で登場した最初期から、この〝未解決〟は用意されていたといえる。いいかえるなら、それらは優れた実存文学にほかならなかった。絶望も希望も、恩愛も復讐《ふくしゅう》をもこえて、苦悶《くもん》しぬいたはてに、人はただ彼自身としてそこに存在するのである。出発において、かほどにつきぬけた断念に位置してしまった作家は、かつて存在しなかった。それは、ほとんど商品性そのものを損うほどであったため、彼はその後いくつかのシリーズ物において、みずからの正体をかくした上でヒーローを造型せねばならなかったのだが、しかしそこでも完全な仮装ではなく、藤沢らしい暗い情熱、断念に立つ意志は充分に発揮されているのである。

この短篇集でいえば、わたしは『滴《したた》る汗』や『幼い声』や『亭主の仲間』や『時雨みち』が好きだ。この世のやるせなさと、人の生のいいかえもとりかえしもきかない実存性が、そこにはたっぷりつまっているからである。

『幼い声』は、親方の娘を貰《もら》って店を出そうとしている腕の良い櫛《くし》職人が、かつての長屋の子供仲間から、仲間の一人だった女の子が男を刺して牢《ろう》に入った、と聞かされるところから始まる物語である。女は恋人だったわけではない。また楽をして生きたわけではない主人公には、《ありふれた話のようでもあった。おきみのように、出刃包丁をにぎって相手を刺すところまでいかなくとも、そのひとつ手前で、憎みあったり、殴り合ったり、別れたり、我慢したりしている男と女は星の数ほどいるだろうし、おきみのように辛抱の糸が切れて、お上の手を煩《わずら》わす人間も、いないわけではない。どこかで、いつか聞いたことがある話のようにも思える》と感じるだけのリアリズムがある。にも関《かか》わらず彼が〝おきみ〟の過去を調べたり、身をもち崩すきっかけになった男を殴りに行ったり、牢に差入れをしたのは、子供のころ〝新ちゃん、またね〟といった〝幼い声〟への哀惜にほかならない。しかし出牢の日、彼女を元気づけるべく集った彼ら幼な友達の前に現われる〃おきみ〃は、低くしゃがれた声をもつ、したたかな女だった。

《おきみは、幼な馴染づらであらわれた男二人が、ただの赤の他人にすぎないことを見抜いたのだ。そのとおりだと思った。富次郎はもう所帯を持っているし、おれはおゆうと一緒になれるかも知れないというのぞみが出て来て、胸の中にうきうきした気分を隠している男だ。おきみは、そんな男たちの同情をあてにして生きているような、やわな女ではない。

おきみはどこかで町角を曲ったらしく、堀ばたの道にはもう姿が見えなかった。人の姿もなく、がらんとした道を、やや赤味を帯びた日射しが照らしている。新ちゃん、またねと言ったおきみの幼く澄んだ声が、だんだんと遠くなり、ふっと消えるのを新助は感じた。》(『幼い声』)

幼年期という黄金時代が、いつまでも維持されるわけはない。人は挫折《ざせつ》することによって、現実のなかに入ってゆく。みずからにおける生きることの意味が、他者において特別に何か別のものであるわけがないのだ。わたしは〃おきみ〃による拒絶よりも、みずからに対する恥ずかしさ、自省の方を主人公は強く受けとめていると思う。そして深読みすれば、これは作家・藤沢自身の、〃物語〃に対するある種の意志表示なのではないだろうか。

そして、解決のない提示という本質において、これはもっとも藤沢らしい場面であるともいえる。『亭主の仲間』の夫婦は、物語ののちあるいは惨殺《ざんさつ》されることになるかもしれない。兇悪《きょうあく》な男の足音は続いている。危険は去らず、問題は解決しない。しないまま、物語展開は終り、二人は実存の闇《やみ》のなかに投げ出されてしまう。白馬の騎士などどこからも駈《か》けつけてはくれず、都合良く〝偶然の解決〟が計られるなどということはありえない。それが人生というものだ。みな、そうやって実存の闇をぎりぎりのところで生きているのであり、歴史に正義などが顕現《けんげん》したためしはない、と作家は告げているかのようだ。

『滴る汗』のラストシーンも同じである。彼は追いつめられたのか、あるいはまんまと逃れおおせるのか、ついに誰にも告げられることのないまま物語は終る。『時雨みち』も同じことだ。若いころ捨てた女をついに救出することもできないまま、町を歩く主人公の内面を占めるのは〝悲哀〟である。救出できなかった無力感だけではない。落ちぶれた女と対照的に見える大店《おおだな》の主人としてのかれも、決して幸福ではない。しょせん人生はやり直しがきかず、どう避けようもない過程を生きるほかはないそれぞれの宿命が、再会によって確め直されただけなのである。

わたしは、にもかかわらず彼らが幼な友達や過去に捨てた女を救出しに出かける意志にこそ着目しておきたい、と思う。実存の闇が、ただ闇として描き出されるのではなく、〝にもかかわらず〟行為する彼らの、断念の上に立った意志にこそ、ほんとうの意味で藤沢周平らしい人間観が投影されているのである。

藤沢周平は、現実と反対に神話をつくる〝物語の救済〟の法則を無視して、人の生き死にの実存を実存として提出してみせた。彼は、むしろその人々の一人として、日々抑圧されている生活の内部はこうなのだぞ、と自己表現してみせたのである。彼の新しさは、まさにそこにある。

（昭和五十九年四月、文芸評論家）

この作品は昭和五十六年四月青樹社より刊行された。

新潮文庫最新刊

重松清著
あの歌がきこえる
友だちとの時間、実らなかった恋、故郷との別れ――いつでも俺たちの心には、あのメロディーが響いてた。名曲たちが彩る青春小説。

道尾秀介著
片眼の猿
―One-eyed monkeys―
盗聴専門の私立探偵。俺の職業だ。今回の仕事は産業スパイを突き止めること、だったはずだが……。道尾マジックから目が離せない！

森見登美彦著
きつねのはなし
古道具屋から品物を託された青年が訪れた奇妙な屋敷。彼はそこで魔に魅入られたのか。美しく怖しくて愛おしい、漆黒の京都奇譚集。

三浦しをん著
風が強く吹いている
目指せ、箱根駅伝。風を感じながら、たすき繋いで、走り抜け！「速く」ではなく「強く」――純度100パーセントの疾走青春小説。

有川浩著
レインツリーの国
きっかけは忘れられない本。そこから始まったメールの交換。好きだけど会えないと言う彼女にはささやかで重大なある秘密があった。

吉村昭著
死顔
吉村文学の掉尾を飾る遺作短編集。兄の死を題材に自らの死生観を凝縮した表題作、未定稿「クレイスロック号遭難」など五編を収録。

時雨《しぐれ》みち

新潮文庫　ふ-11-9

昭和五十九年五月二十五日　発行
平成十九年十一月五日　五十五刷改版
平成二十一年七月二十日　六十六刷

著者　藤《ふじ》沢《さわ》周《しゅう》平《へい》
発行者　佐藤隆信
発行所　株式会社　新潮社

郵便番号　一六二―八七一一
東京都新宿区矢来町七一
電話　編集部（〇三）三二六六―五四四〇
　　　読者係（〇三）三二六六―五一一一
http://www.shinchosha.co.jp

価格はカバーに表示してあります。

乱丁・落丁本は、ご面倒ですが小社読者係宛ご送付ください。送料小社負担にてお取替えいたします。

印刷・二光印刷株式会社　製本・株式会社大進堂

ISBN978-4-10-124709-0 C0193